KB067279

순도 100퍼센트의 휴식

순도
100퍼센트의
휴식

박상영
에세이

INFLUENTIAL
인 플 루 엔 셜

차례

2부 가파도 롱 베케이션

3부 억지로 쉼표 찍기

순도 100퍼센트의 휴식

영화감독 K와 나는 20대에 만나 지금까지, 졸리고 재미없는 영화를 함께 보는 친구 사이로 남아 있다. 사실 K를 '영화감독'이라고 부르는 것은 어색한 감이 없지 않은데, 그가 영화를 '감독'하지 않은 지 무려 7년이 지났기 때문이다. 이에 나는 자주 그를 '전직' 영화감독이라 놀리고는 한다.

K와 나는 여러모로 참 다른 사람이다. 무릇 영화감독이라고 하면 괄괄한 목소리로 현장을 호령하는 모습을 떠올리기 마련이지만, K는 그런 모습과는 거리가 멀다. 그는 내가 아는 사람 중 가장 지독한 내향형 인간이다. 이를테면 K는 음식점에서 주문한 음식이 잘못 나오더라도 묵묵히

그 음식을 먹는 부류의 사람이다. 나 같은 경우 메뉴가 잘못 나왔다고 어렵지 않게 말하는 것도 모자라, 반찬이라도 더 얹어달라고 너스레를 떠는 부류의, 극 외향형 인간이다. K가 수백 명의 스태프를 지휘하는 (전직) 영화감독이고, 말 못 해 죽은 귀신이 붙은 내가 종일 혼자 지내는 작가로 살아가는 건 좀 웃긴 일이긴 하다.

우리의 차이는 여기에서 그치지 않는다. K는 참 부지런한 살림꾼이다. 꽤 오랫동안 영화 작업을 하지 못하고 있음에도 매일 청소와 빨래를 하고, 잘 모르는 레시피를 찾아 요리하기도 즐긴다. 친구들을 불러다 자신이 만든 요리를 먹이는 것을 좋아한다. 언젠가는 생일을 챙기지 않고 혼자 집에 누워 있는 나를 불러다 파스타와 미역국을 해 먹인 적도 있다. 내 경우는 생존에 필요한 최소한의 가사노동만을 하고 산다. 옷은 벗은 자리에 뒤집힌 채 화석처럼 굳어 있기 일쑤이며, 설거지도 하기 싫어서 좁아터진 집에 식기세척기까지 들였지만, 버튼을 누르기가 귀찮아 컵과 젓가락이 쉬이 쌓인다. K는 이런 나를 퍽 추잡하고 한심한 사람으로 여긴다.

반면에 '직업' 혹은 '창작'이라는 영역에서는 우리 둘의 모습이 완벽히 뒤바뀐다. 앞서 소개한 대로, 7년 동안 장편

시나리오를 '준비'만 하고 있는 K와는 달리, 나는 여섯 권의 책과 장편 드라마 한 편을 썼으며, 사이사이 라디오와 방송 프로그램에도 출연했다(물론 K도 여러 편의 영화 현장에서 스태프로 일하며 생활비를 벌긴 했지만 6개월 이상 꾸준히 다닌 직장은 없었다). K는 이런 나를 보며 항상 질린다는 듯한 표정으로 "도대체 언제 쉴 작정이야? 죽으면?"이라고 말하곤 했다. 내 입장에서는 쓸데없는 일(이라고 하기에는 일상을 영위하는 너무 중요한 일들이긴 하지만…… 아무튼)을 하느라 정작 자신이 가장 하고 싶어 하는 일(그러니까 장편 시나리오 집필)을 등한시하는 K가 이해되지 않았다. 때문에 우리는 만날 때마다 서로의 가치관이나 라이프스타일을 비방하는 데 꽤 많은 시간을 할애한다.

벚나무에 새순이 돋아나기 시작할 무렵, K는 뭔가 엄청난 결심을 한 듯 내게 말했다.

"나…… 점을 보러 가야겠어!"

내가 재미 삼아 사주를 보러 다닐 때에도 (심지어 역술인이 몇몇 수상 결과나 계약의 향방을 맞혔을 때도) 심드렁한 태도를 보였던 K였는데, 갑자기 점이라니 애가 마음이 쫄리긴 하나 보다라는 생각이 들어 얼른 주변의 (종교에 가까울

만큼 역술을 신봉해 서울과 경기도 각지의 용하다는 점집을 꿰고 있는) 마니아들에게 연락을 돌려 가장 적절한 곳을 찾아냈다. 매콤한 일침으로 시작하지만 결국에는 구름처럼 포근한 말로 코팅을 해준다는 고양시의 J 도사가 그 사람이었다. 그가 K에게 새 작품을 만들 동기부여를 해줄 것만 같았다.

내 차 조수석에 K를 태운 뒤 나는 고양시를 향해 달렸다. 대로변에는 막 벚꽃이 피어나고 있었다. 나는 푸르른 기운을 만끽하고 싶어 창문을 내리고 달렸고, K는 마스크를 고쳐 쓰며 "미세먼지 엄청 심해"라고 말했다.

그렇게 아름다운 산과 들을 넘어 찾아간 점집에서 K는 놀라운 점괘를 받아 들었다. K는 사주에 잔불이 많은데 지금껏 인생에 찾아왔던 기운들이 도와주지 않아, 타 죽을 것처럼 말라비틀어진 형국이라고 했다(K의 꽁하고 답답한 성격이 이해가 되는 대목이었다). 다만 앞으로는 좋은 기운들이 들어와 뜻한 바를 성취해낼 수 있을 거라고 했다.

역술인은 나를 보고는 '제발 자신을 보러 와달라고 외치는 보석 광산과도 같은 사주'라고 말했다. 그 말을 듣는 동안에도 나는 내 인스타그램에 벚꽃 사진을 올리고 있었다. 사람들이 나를 좀 봐줬으면 하는 마음을 담아서……

또 역술인은 나를 향해, 뜨거워도 너무 뜨겁다고 일갈했다. K가 작은 불이 잔뜩 질러진 형국이라면, 나는 뜨거운 용암을 품고 있는 태산과도 같다고 했다. 일단 한번 뭘 시작하면 죽을힘을 다해 달려들고, 화도 잘 내며, 술을 마셔도 죽도록 마시는 팔자라고.

K가 무릎을 탁 치며 외쳤다.

"진짜, 딱 너잖아!"

"너 잘 쉬지도 못하지? 시간이 남아돌아도 1분도 못 쉴 놈이라고 할머니께서 그러신다!"

그 말을 들은 K는 어깨를 들썩이며 웃었다. 나로서는…… 역술인이 영화 〈트루먼 쇼〉처럼 내 삶에 CCTV를 달아놓은 게 아닌지 의심이 될 정도였다.

"너 앞으로도 계속 이대로 가면, 죽을 때까지 일만 하다 병나서 간다고 하신다! 쉬어! 좀 쉬라고!"

K는 더 자지러지게 웃기 시작했다.

집으로 오는 길, 우리는 각자의 휴식 방법에 대해 이야기를 나누었다. K는 혼자 술 한잔하고, 친구들과 클럽에 가고, 집에서 넷플릭스를 보는 것 등이 모두 휴식이라고 했다. 나 역시도 K와 비슷한 방식으로 여가를 보내곤 한다(요리와 설거지는 안 함)고 답했다. K는 코웃음을 치며 말했다.

"내가 보기에 넌 쉬는 방법을 아예 모르는 것 같아."

"나? 아냐. 잠도 많고, 여행도 자주 가잖아."

"자기 전까지 침대에서 글 쓰다 쓰러져 자고, 여행 갈 때도 노트북 챙겨 가잖아."

"……그렇긴 하지. 근데 솔직히 현대인의 삶이 다 그렇지. 안 바쁘고 스트레스 없는 사람이 어딨냐."

"너 진짜 아무것도 안 하고 쉬어본 적이 있긴 해? 너를 안 지 10년 가까이 됐지만 한 번도 그러는 꼴을 본 적이 없어."

K의 말을 듣고 나서야 나는 태어나서 한 번도 그런 시간을 가져본 적이 없다는 것을 깨달았다. 넷플릭스를 볼 때도 나는 업무 메일을 확인하거나 친구들에게서 온 메시지에 답을 한다. K가 말하는 그 온전한 휴식은 어떻게 가능한 것일까? 나를 진정으로 쉬게 할 순도 100퍼센트의 휴식은 도대체 어떤 방법으로 이룩할 수 있을까?

✳

오래전부터 나는 여행이 휴식의 동의어라고 믿었다.

예전부터 나는 여행을, 정확히는 여행이라는 개념을

사랑해왔다. 특히 여행에 관한 책을 읽는 것을 좋아했다. 내 또래 중 어릴 때 안 읽은 사람이 드문《먼나라 이웃나라》시리즈부터 박완서《잃어버린 여행가방》, 김연수《여행할 권리》, 김영하《여행의 이유》를 즐겨 읽었고, 무라카미 하루키, 앤드루 솔로몬과 같은 (세계 방방곡곡의 호화스러운 숙소에 묵으며) 작가 특유의 섬세하고도 통찰력 있는 시선으로 낯선 도시를 관찰하여 풀어낸 에세이를 읽으며 나의 모습을 슬그머니 대입해보고는 했다. 여행 이야기는 언제나 나에게 지리멸렬한 일상에서 도피할 수 있다는 환상과 이국에 대한 동경을 동시에 불어넣어주었다. 그 시절 나는 여행이라는 개념을 몹시도 동경했다. 그러나 활자를 벗어난 현실의 여행은 환상과는 판이하게 달랐다.

스무 살 겨울 처음으로 일본 땅을 밟아본 이래로 나는 수도 없이 많은 나라를 쏘다녔다. 남들이 쉽사리 여러 번 갈 엄두를 내기 힘든 유럽도 다섯 번 넘게 갔으며 미국과 중국, 대만, 동남아 등 온갖 나라를 정처 없이 헤매고 다녔다. 이렇게 말하면 돈깨나 만지는 집안에서 자라 넓은 세상을 보고 견문을 넓히라며 부모님께서 목돈을 턱턱 쥐여준 것처럼 들리지만, 실은 (내 돈을 가져가지만 않으면 다행인 집안에서 자라) 한 푼의 지원도 받지 못한 채 언제나 내가 피땀 흘려 번 돈으로 떠난 여행들이었다.

그렇게 떠난 여행에서 나는 언제나 편히 잠들지 못했고, 원치 않은 이질감과 마주해야 했으며, 그 과정은 결코 유쾌하지 않았다. 그렇게 수많은 여행 끝에 내가 도달한 결론은 하나다. 나는 결코 여행을 통해 휴식을 취할 수 없는 사람이라는 것. 심지어는 여행을 그다지 좋아하지 않는 사람이라는 것도.

보통 여행을 좋아하는 사람들은 새로움을 추구하는 경향이 있다. 그들은 낯선 장소, 낯선 사람들을 만나고 새로운 경험을 하는 데서 삶의 만족을 찾는다. 나는 낯선 사람이 어렵다. 낯선 장소에 가는 것도 그다지 달갑지 않다. 나는 역사적으로 의미 있는 유적지나 세계적으로 가치를 인정받는 문화재들도 유튜브나 내셔널지오그래픽을 통해서 보는 게 조금 더 효율적이라고 생각하는 부류의 인간이다. 심지어 여행에 가서도 새로운 친구들을 사귀기는커녕, 내 오랜 친구들을 그리워한다. 지척에 살면서도 만나지 않던 친구들에게 시차를 계산해 전화를 걸고, 저녁 메뉴가 무엇이었는지 묻는다. 그리고 어김없이 서울에 빨리 돌아가고 싶다고 말하며, 일상의 시름에 젖어 있는 친구들의 염장을 질러놓는다. 이쯤 되면 여행이 싫다고 말하기 위해 여행을 떠나는 게 아닌지 의심이 들 지경이다. 그럼에도 불구하고 나는 어김없이 여행을 떠나고, 고통받고, 또 집으로 돌아와 다시 일상을 살아갈 일말의 힘을 얻고는 한다. 이는 바꿀 수 없는 내 삶의 패턴으로 공고히 자리 잡고 있다.

어쩌면, 내게 있어 여행은 '휴식'의 동의어나 유의어가 아니라, 일상의 시름을 잊게 해주는 또 다른 자극이나 더 큰 고통에 가까운 행위가 아닐까? 환부를 꿰뚫어 통증을 잊게 하는 침구술처럼 일상 한중간을 꿰뚫어, 지리멸렬한 일상도 실은 살 만한 것이라는 걸 체감하게 하는 과정일 수도. 써놓고 보니 (피학의 민족 한국인답게 몹시) 변태적인 발상이라는 생각이 들지만…… 이 또한 나에게 가까운 진실인 것만 같다.

이런 내가 여행을 통해 순도 100퍼센트의 휴식을 즐기기 힘든 건 어찌 보면 당연한 일일지도 모르겠다. 그래서 나는 마음먹었다. 완벽을, 완벽히 폐기하리라고. 지금이 아닌 언젠가, 이곳이 아닌 어딘가를 꿈꾸는 게 아니라, 그저

작은 빈틈을 찾아보리라고. 단 1퍼센트의 '공백'이 주어지
더라도 기꺼이 그것을 그러안고 즐길 수 있는 그런 사람이
되어보리라고. 휴식이라는 행위에 어떤 완벽을 기한다는
것 자체가 애초에 '휴식'과는 거리가 먼 개념일지도 모르겠
지만 말이다.

1부

단 1퍼센트의
빈틈을 찾아서

서툰 여행자를 위한 보험

나에겐 Y라는 20년 정도 된 친구가 있다. Y와 나는 고등학교 동창이며, 서로의 부모님을 2회 이상 본 전력이 있고, 그간의 연애사를 대충 알고 있으며, 남들에게 말 못 할 비밀 한두 개 정도를 공유하고 있으니 가장 친한 친구로 봐도 무방할 것이다.

우리가 처음 만난 것은 고등학교 1학년 심화반 자습실 앞이었다. 당시 여느 학교들처럼 우리 학교에서도 성적에 따라 등급을 나누어 야간 자율 학습을 실시했고, 나는 운 좋게 (성적 우수자들을 모아놓은) 심화반에 들어갈 수 있었다. 내가 가까스로 1등칸 끄트머리에 올라탄 누추한 승객에 가까웠다면, Y는 기차를 끌고 가는 엔진이라고 불러도 될 정도로 성적이 좋은, 학교의 기대주였다.

당시 나는 대외적으로는 친구가 꽤 많다고 자부하고 있었으나 실은 같은 반 친구들에게서 정체 모를 위화감을 느끼고 있었다. 친구들과 함께 웃고 떠들다가도 마치 광대가 된 것 같은 기분에 피로해지곤 했으므로, 정규 수업이 끝나기 무섭게 심화반 자습실로 달려가 혼자 만화책이나 소설을 읽는 것을 유일한 삶의 낙으로 삼고 있었다. Y는 심화반 교실 문을 여는 열쇠 담당이었다. Y는 몇 번이고 자신보다 먼저 심화반 앞에 도착해 있는 나를 보며, 늦어서 미안하다고 말하고는 했다. 사실 늦은 시간은 아니었고 반에 적응하지 못한 내가 유달리 빨리 온 것이었으므로 Y가 미안해할 일은 아니었다. 그렇게 몇 번 심화반 문 앞에서 안면을 튼 우리는 급식실이나 복도에서 마주쳐도 눈인사를 하는 사이가 됐다. 평소처럼 일찍 심화반 앞에 도착해 이어폰으로 음악을 듣고 있던 내게 Y가 다가와 말했다.

"니 내 부탁 하나만 들어줄래?"

Y는 뜸 들이다 열쇠를 자꾸 늦게 가져오는 이유를 내게 털어놓았다. 교무실 벽 한쪽에 전교의 모든 열쇠를 보관해놓는 열쇠함이 있는데, 심화반 열쇠는 그 열쇠함의 가장

윗줄에 걸려 있었다. 불행히도 평균보다 키가 좀 (많이) 작은 Y에게는 손이 닿지 않는 높이였다. Y는 번번이 지나가는 사람을 붙잡고 열쇠를 빼달라고 하기 부끄러웠다며 (평균보다 조금 더 키가 큰 나에게) 혹시 먼저 교무실에 들러 심화반 열쇠를 가져와줄 수 있겠냐고 물었다. 나는 그런 Y가 조금 귀엽고 웃겨서, 앞으로 내가 직접 문을 따겠노라고 말했다. 이후 나는 다니던 영어 학원과 독서실에서도 Y를 발견할 수 있었고 이런 계기로 우리는 3반과 13반이라는 지정학적 한계(?)를 뛰어넘어 절친으로 자리 잡았다.

따지고 보면 Y는 내 대학 진학의 은인이기도 하다. 당시 한국은 7차 교육 과정에 막 접어들었고, 정시보다 수시 비중을 비약적으로 높일 것이라고 교육부 장관이 공언하던 시기였다. Y는 자기 객관화가 잘되는 영리한 친구였기에, 수학에 소질이 없는 자신의 한계를 잘 알고 수시를 대비하기 시작했다. 이에 따라 1학년 때부터 꾸준히 내신 관리를 해왔으며, 외국어 특기를 살려 영어와 일본어, 중국어 공인 성적을 땄다. 더불어 대외 활동을 하며 자신만의 포트폴리오를 만들어가고 있었다. 지방이라는 한계 때문에 (혹은 귀찮아서) 수시 제도에 대한 이해가 전혀 없던 나는 혼자서 모든 것을 계획하고 목표를 향해 나아가는 Y가 좀 멋있어 보였다. 둘이 함께 논술 대회며 토론 대회에 나가 상을 타기도 했는데, Y의 제안 덕이었다. 그것은 훗날 분명히 내가 고향을 탈출하는 데 큰 도움을 주었다.

스무 살, Y는 모두의 예상대로 서울대에 진학했다. 나역시 운이 따라주어 서울에 있는 대학에 진학할 수 있었다. 둘 다 원하는 바를 이루고 대한민국 최고의 대도시(?) 서울에 당도하였으니 방종에 가까운 자유와 환희로 가득한 인생이 펼쳐질 것이라 기대했다. 그러나 그것은 이제 막 10대를 벗어난 자의 순진한 환상에 불과했다. 우리는 각각 신림과 명륜동의 쪽방에 갇혀 빛나는 청춘 대신 전공 진입과 학점의 늪에 빠져 매일 비슷한 삶을 반복해나갔다. 그러던 중 Y가 내게 파격적인 제안을 했다.

"니 내랑 여름방학 때 배낭여행 안 갈래?"

"어디?"

"유럽."

책이나 영화에서만 봤던 배낭여행이라니. 다른 곳도 아닌 유럽? 부표처럼 떠다니던 일상에 새로운 이정표가 생겨난 기분이었다. 나는 곧바로 알바를 구하고 돈을 모으기 시작했고, 항공권 할인 사이트에서 잠복한 끝에 무려 70만 원대에 (대만 경유를 포함한) 항공권 구매에 성공했다. Y는 타고나기를 계획적이고 꼼꼼한 성격이라 여행을 결심한 순간부터 여행 일정을 짜기 시작했고, 나에게 유레일패스며 숙소의 가격을 공유해주었다. 나는 마치 여행사 패키지 상품을 구매하는 심정으로 Y가 결제한 상품들의 절반 가격을 부쳤다. 그리고 방학이 시작되기 무섭게 우리는 런던으로 떠났다.

영국에서의 첫날 밤은 평생 잊을 수 없을 것 같다. 최저가의 방을 예약한 우리는 무려 30명이 한방을 쓰는 도미토리에서 잤다. 완벽히 불협화음인 오케스트라의 협주를 듣는 것처럼 전 세계 사람들의 다채로운 코골이를 들으며 거의 뜬눈으로 밤을 지새웠다. 그곳에서 나는 내가 잠귀가 몹시 밝고 예민한 편이라는 사실을 처음으로 깨달았다.

여행 내내 Y와 나는 미친 사람처럼 미술관들을 돌아다녔다. 이틀 동안 테이트 모던과 테이트 브리튼에 이어 내셔널 갤러리까지 돌며 온갖 작품들을 섭렵했다. 함께 관람을 하던 도중 나는 Y의 엄청난 재능을 발견하게 되었다.

Y는 (시대와 국적, 사조를 초월한 모든) 미술 작품 속에 재

현된 개를 찾아내는 재능이 탁월했다. 왕의 발치에 엎드린 개, 농가에서 꼬리를 흔들고 있는 개, 현대미술 작품에서 다면체로 해체된 개, 심지어는 르네상스 시대의 100호짜리 그림을 가리키면서도 이렇게 소리쳤다.

"야, 저거 봐라. 개 졸라 귀엽다."

아무리 봐도 개가 보이지 않아 한참 동안 그림을 살피던 나는 그림의 한 귀퉁이에 새끼손톱만 한 하얀 점을 발견하고 그것이 Y가 말하는 '졸라 귀여운 개'라는 것을 알게 되었다. 나는 그 점을 현미경으로 봐야지 개의 형체라는 것을 알아볼 수 있을 것 같다고 대답하며, 그 희끄무레한 점에서 귀여움을 탐지하는 Y의 정신 상태가 심상치 않음을 알 수 있었다.

런던의 주요 관광 명소를 돌고 난 이후로 우리는 톱숍과 톱맨에 들렀다. 당시에는 한국에 SPA 브랜드들이 들어오기 전이었고, 그토록 싼 가격에 그럴듯한 옷을 살 수 있다는 사실에 놀랐다. 이어서 프라이마크에 들러서는 최저가 사이트보다 더 싼 가격에 양말과 속옷, 기본 티셔츠 같은 것을 쓸어 담을 수 있었다. 우리는 진심으로 행복했다.

Y투어의 다음 코스는 스코틀랜드였다. 에든버러는 런

던과 완벽히 다른 분위기였는데, 특히 기억에 남는 것은 하이랜드 투어였다. 여행 기간 동안 우리가 유일하게 돈 주고 예매한 투어 상품이기도 했다. 새벽같이 일어나 여행사에서 안내해준 장소로 갔더니 40인승 버스가 세워져 있었다. 가이드가 포함된 상품이라고 했는데 버스에 타고 보니 붉은색 수염이 난 기사님이 직접 마이크를 들고 설명을 해주는 거였다. 스코틀랜드 악센트가 강한 영어라 도통 알아듣기가 힘들었다. 전날 도미토리형 숙소에서 밤새 코를 고는 동시에 방귀를 뀌어대는 중년의 영국인 때문에 잠을 설친 탓인지 잠이 쏟아지기 시작했다. 에든버러 근처의 오래된 성과 호수를 누비는 코스였는데 연신 너무나도 아름다운 풍경이 펼쳐졌고, Y는 탄성을 질러댔다. 사람들이 감탄사를 뱉어내는 가운데 나는 아주 깊이 숙면을 취하게 되었다. 단잠을 자다 Y가 나를 깨우면 식당이나 휴게소가 나왔다. 버스에서 내리면 Y가 버스 운전기사가 말한 내용을 설명해주었다.

　Y는 이곳이 그 유명한 '네스호'라고 했다. 음식점과 카페, 관광 명소와 휴게소에까지 괴물 형상을 한 동상이 서 있었다. 심지어 온갖 가게에서 '네스호의 괴물'을 모티프로 한 티셔츠, 엽서, 냉장고 자석, 하다못해 열쇠고리라도 팔고

있었다. 이쯤 되니 없던 괴물이라도 만들어 호수에 풀어놔야 하는 것 아닌가 하는 생각이 들 정도였다. 투어에 참가한 사람들이 너도나도 목이 길쭉한 괴물 모양의 기념품을 사는데 Y와 나는 꿋꿋이 아무것도 사지 않은 채 빈손으로 돌아왔다.

그날 밤 내 몸에서 심상치 않은 일이 벌어지기 시작했다. 역시나 누군가의 코 고는 소리에 잠들지 못했던 나는 배를 칼로 찌르는 듯한 날카로운 통증을 느껴 나도 모르게 짧은 신음을 내며 자리에서 일어났다. 내 신음 소리를 듣고 놀란 Y도 덩달아 깼다. 나는 Y에게 말했다.

"니…… 맹장염 걸려봤나?"

"아니."

"내 아무래도 맹장염 같다. 배 졸라 아픔."

"설마, 아니겠지. 그거 못 버틸 정도라 카던데."

"내 진짜 태어나서 처음 느껴보는 통증이거든. 아씨 어떡하노. 내 여행자 보험도 안 들었는데……."

"갑자기 보험이 왜 나오는데."

찢어지는 듯한 복통을 느끼는 와중에도 나는 스코틀랜드의 살인적인 물가와 의료비에 대해, 만 원이 아까워 들지 않은 여행자 보험에 대해 생각했다. Y는 일단 자기가 비상용으로 챙겨 온 진통제랑 소화제를 줄 테니 그걸 먹고 아침까지 기다려보자고 했다. 나는 아무리 봐도 그 정도로는 해결이 될 것 같지 않다고 툴툴대며 Y의 처방에 따랐다.

다음 날 아침, 화장실에 다녀온 이후 나의 통증은 씻은 듯이 나았다. 계산해보니 여행을 시작한 이후로 닷새 만에 처음으로 큰일을 본 것이었다. 평생 변비라는 것을 모르고 살았던 내가 유럽에 와서야 '가스가 찬다는 것'의 감각을 처음으로 느끼게 되었다. 그 생경한 감각을 맹장염으로 오인한 거였다. 나는 Y에게 달려가 나의 무사함을 알렸고, Y는 한숨을 쉬며 그럴 줄 알았다고 했다. 나는 그 누구보다도 밝고 해사한 웃음을 지으며 말했다.

"여행자 보험 안 들길 잘했다!"

난생처음 공부하지 않은 날

Y와 함께 파리에 도착한 후, 우리는 시설이 낡고 (파격적으로 저렴한) 한인 민박에 묵게 되었다. 언제나처럼 나는 도미토리형 숙소에서 밤새 잠을 잘 자지 못했고, 그 때문에 Y가 일정으로 짜놓은 박물관과 베르사유 궁전, 온갖 미술관들을 좀비와 같은 상태로 관람했다(Y는 영국에서와 마찬가지로 미친 사람처럼 그림에 그려진 강아지의 흔적을 찾아다니며 연신 귀엽다고 중얼댔다). 파리의 길바닥에는 쓰레기와 가래침, 개똥이 많았으며, 사람들은 친절하지 않았고, 프랑스어는 아무리 들어도 적응이 되지 않았다. 나는 일주일도 넘게 거의 밤을 지새우다시피 한 채, 초주검이 돼서 프랑스를 떠

나며 다시는 이곳을 찾지 않으리라 마음먹었다(그러나 불행히도 나는 이후 프랑스어문학과에 배정받았고, 기초 프랑스어 입문 수업에 C 학점을 받았으며, 교환학생을 가 있는 친구들을 보러 여러 번 프랑스에 재방문하게 되었고, 가까스로 학사 학위를 받았으나 여전히 프랑스어를 한마디도 하지 못하며 지금도 내 공식 프로필의 맨 첫 줄에는 프랑스어문학 전공이라고 쓰여 있다).

파리 북역에서 암스테르담까지는 유레일패스를 이용해 기차를 탔다. 열차 시간이 빠듯했던 탓에 우리는 갖고 있던 티켓을 든 채 곧바로 열차에 탔다. 인터넷에서는 분명 티켓을 오픈하는 절차가 필요하다고 되어 있었는데, 방법을 몰랐던 우리는 역무원에게 티켓을 보여주며 어떻게 티켓을 오픈할 수 있냐고 물었다. 역무원은 뭔가 알아들을 수 없는 프랑스어를 하더니 펜으로 우리가 탄 열차의 번호를 체크해주고는 끝이었다. 우리는 안심하고 텅 빈 4인석에 앉아 도란도란 이야기를 나누기 시작했다.

여행의 말미가 다가오고 있었고, 우리는 조식으로 나온 빵이며 달걀을 싸서 점심과 저녁을 때우는 등의 온갖 궁상을 떤 끝에 예상했던 금액보다 훨씬 경비를 적게 쓴 상태였다. Y가 나에게 큰맘을 먹고 제안했다.

"우리 암스테르담에서는 호텔에서 잘래? 이카다가 니 잠 못 자서 맹장염이 아니라 수면 부족으로 세상 하직하지 싶다."

나는 쾌재를 불렀다. 호텔 투숙에 대한 합의를 마치고 난 후, Y는 가방에서 두꺼운 책 한 권을 꺼냈다. 영국의 서점에서 구매한 지리학 도서였다. 700페이지 가까이 되는 학술서를 너무나도 집중해서 보는 Y를 보며 나는 여기까지 와서 또 공부를 하냐고 타박을 줬다. Y는 이게 무슨 공부냐고, 그저 독서일 뿐이라고 항변했다.

"니 도대체 살면서 공부 안 한 날이 있기는 하나?"

Y는 아무 대답도 하지 않고 곰곰이 생각하더니 답했다.

"없었던 거 같다."

"뭐라고?"

"이번 여행 오기 전까지 공부를 안 한 날은 없었다."

나는 거의 졸도할 정도로 놀랐다. Y가 원체 성실하고 꾸준한 사람이라는 것은, 그래서 남들보다 훨씬 더 많은 것을 성취하고 살아왔다는 사실은 익히 알고 있었지만, 문자 그대로 하루도 빠짐없이 공부를 해왔을 줄이야. 그것은 성실함과는 다른 차원의 문제였다. 거의 초인에 다다른 그 경지에 나는 Y를 조금은 존경하게 되었다.

Y는 나의 과장된 리액션에 조금 쑥스러워졌는지 다시 지리학 책으로 시선을 옮겼다.

그렇게 암스테르담에 도착한 우리는 호텔 예약 사이트에서 찾은 3성급 호텔에 투숙했다. 나는 타인의 코골이를 듣지 않아도 되는 공간과 무제한으로 리필되는 수건, 누워서 TV를 볼 수 있는 침대가 허락됐음에 전율했다. 그래서 기꺼이 방에 남아 하루 종일 MTV를 볼 것이라 공언했다. Y는 기껏 사놓은 유레일패스가 아까우므로 당일치기로 벨기에에 다녀오겠다고 했다. 나는 오는 길에 와플을 사 오라고 당부한 뒤 홀로 호텔방에 남았다. Y가 떠난 후 눈부신 햇살이 비쳐 드는 암스테르담의 호텔에 앉아 잔디밭에서 한가로이 노니는 커플들의 전경을 보며 TV에서 흘러나오는 레이디 가가의 〈배드 로맨스(Bad Romance)〉와 블랙 아이드 피스의 〈아이 가타 필링(I Gotta Feeling)〉을 들었다.

그리고 그날 밤, 설핏 잠에 들었던 나는 Y가 문을 벌컥 여는 소리를 듣고 잠에서 깨어났다.

"씨발 내 30만 원 뜯겼다."

이게 무슨 말인가 싶어 눈을 동그랗게 뜨고 있는데, Y가 자초지종을 설명했다. 알고 보니 우리가 무사히 오픈한 것이라고 믿었던 유레일패스는 사실 개시가 안 된 종이 쪼가리에 불과했고, 애초에 시작 역인 파리 북역의 유레일패스 창구에서 티켓을 오픈하는 절차를 거쳐야 티켓을 사용할 수 있는 거였다. 프랑스인 역무원이 프랑스인답게(?) 오픈 도장을 제대로 확인하지 않고 우리를 기차에 태웠다면, 암스테르담에서 벨기에로 향할 때 마주친 역무원은 매우 꼼꼼히 티켓을 확인해 부정한 사용 내역을 발각했으며, 때문에 꼼짝없이 유레일패스 값에 맞먹는 벌금을 내야만 했다고 Y가 말했다. 마치 래퍼처럼 울분에 찬 목소리였다. 나는 흥분한 Y를 토닥이며 그가 사 온 벨기에 와플을 누구보다도 맛있게 먹었다.

우리의 여행은 그 후로도 온갖 해프닝으로 점철되었다. 유럽 5개국을 오가는 힘든 여정에, 한 달 동안 200만 원도 쓰지 않았을 정도로 극도로 절약한 고생길이었음에도 불구하고 우리는 한 번도 싸우지 않았다. 다만 많이 웃었다. 후에 생각해보면 초저가의 예산에 맞춰 힘겹게 계획을 짜고 통역을 하며 나를 끌고 다닌 Y가 아무것도 하지 않고 졸졸 따라다니는 나를 견뎌준 것이었다.

여행을 갔다 온 뒤 Y는 신림동 고시촌에 들어갔고, (헤드폰을 연결해 방음이 잘 안 되는 원룸에서도 칠 수 있는) 전자 피아노를 샀으며, 지금껏 그래왔듯 단 하루도 빠지지 않고 또 공부를 하기 시작했다. 우리가 만나는 일도, 연락의 빈도도 많이 줄었다. 나는 몇 년 동안 Y를 먼 행성으로 여행을 보냈다고 믿기로 했다. 그러던 어느 날 Y에게서 전화가 왔다. 왠지 기운이 없어 보이는 목소리였다.

우리는 강남역의 맥도날드에서 만났다. Y는 시켜놓은 빅맥 세트를 입에도 대지 않고 한참을 뜸 들이다 내게 말했다. 사법고시를 포기하겠다고. 태어나서 한 번도 Y가 자신이 목표로 한 바를 포기하는 모습을 본 적이 없었기 때문에 나는 몹시 놀랐다. Y는 말을 마치기 무섭게 댐이 무너지는 것처럼 울었다. 나는 눈부신 성공도 뼈아픈 실패도 지금 다 해버리고 가는 게 낫지 않겠냐고 위로 같지도 않은 위로를 하며 우는 Y를 달랬다. 감자튀김을 씹으며 서럽게 우는 Y의 자그마한 어깨를 보니 10대 시절부터 함께 보낸 시간들이 주마등처럼 스쳐 지나갔고, 이상하게 나까지 눈물이 나기 시작했다. 한참을 그렇게 울다 정신을 차려보니 맥도날드에 있는 수많은 사람이 모두 우리를 쳐다보고 있었다. 그런 우리의 꼴이 우스워 우리는 눈물을 머금은 채 큰 소리로 웃기 시작했다.

그런 날들이 있었다.

이제는 그 맥도날드도 사라지고 없다.

얼마 전 벨기에의 문학 축제에 초대를 받았다. 초대 메일을 읽자마자 Y와의 메신저 창을 켰다. 그리고 내년에 벨기에에서 행사를 할 것 같다고, 기쁜 소식을 전했다. 메시지를 전송하기 무섭게 Y가 답장을 보내왔다.

—야, 니 내가 그때 벨기에 가는 기차에서 30만 원 뜯긴 거 기억나나.

—당연하지. 나는 그때 니가 에미넴인 줄 알았잖아. 〈8마일〉보다 더 절절했다.

—지금 와서 하는 말이지만 니 얼마나 얄미웠는 줄 아나. 난 돈 뜯겨서 눈물 줄줄 나는데 침대에 드러누워서 레이디 가가 뮤비나 보고 있고, 내가 사 온 와플 깨작깨작 뜯어 먹는데, 이 새끼는 도대체 뭐고? 내가 무슨 부귀영화를 누리겠다고 여기까지 와서 헛돈을 쓰고 있나 싶더라니까.

—근데 있잖아, 니 평생 그렇게 살아온 거 모르나. 발바닥에 불나게 열심히. 빡빡하게.

—그건 그렇지.

—니, 혹시 요즘도 맨날 공부하나.

—공부 같은 소리 하네. 요즘은 돈 안 주면 한 글자도 못 본다.

　　Y는 사법고시를 포기한 뒤, 로스쿨에 진학해 우수한 성적으로 졸업했고, 현재 대한민국 사람이라면 누구나 들어봤을 법한 로펌에 다니며, 돈을 아주 많이 벌지만 상상도 할 수 없을 정도의 격무에 시달리면서 살아가고 있다. 아무리 봐도 편하게 살려고 마음만 먹으면 얼마든지 그럴 수 있을 자기 팔자를 자기가 꼬며, 한없이 자신다운 모습으로 살고 있다.

　　그리고 얼마 전 내가 영국의 부커상에 노미네이트된, 대사건이 일어났다. 주최 측에서 비밀 유지 조약을 강조하며, 혹여 소문이 새어 나갈 시에 후보 지명이 취소될 수 있다고 메일을 보내왔다. 입이 너무 간지러웠던 나는 Y를 대나무 숲으로 이용하기로 마음먹었다. Y에게 기프티콘을 보내며, 지금부터 내가 하는 말은 변호인과 의뢰인 간의 법적 효력을 갖는다고, 수임을 강제로 단행했다. 그리고 고백했다. 내가 부커상 후보가 됐다고. Y는 비명을 지르며 축하한다고 말했다. Y는 우리가 함께 런던 여행 갔을 때 기억나느냐고, 내가 거기 서점에서 지리학 책이랑 같이 샀던 게 부커상을 받은 소설이었다고, 이제 니가 그런 소설가가 됐다고, 나보다 더 흥분해서 말했다. 나는 괜히 감상에 젖어서, 그 시절의 우리와 지금의 우리를 떠올리며 이렇게 말했다.

"그때 우리는 지금 우리가 이렇게 살 줄은, 전혀 몰랐겠지?"

Y는 조금 숨을 고르더니 차분한 목소리로 내게 말했다.

"상영이. 나는 니가 이렇게 될 거라고 항상 생각해왔다. 고등학생 때부터, 쭉."

그렇게 말하는 Y의 말이 진실인지, 정말 열몇 살의 그때부터 내가 부커상에 노미네이트되는 작가가 될 것이라고 예견했는지는 알 수 없었지만, 이상하게 눈물이 났다. 오랜 시간 동안 나 자신조차 확신할 수 없었던 내 삶을, 궤적을 누군가 믿고 지켜봐주고 있었다는 사실이 새삼 고마웠다. 이제는 그 옛날 강남역 맥도날드 때처럼 서로 마주 보고 있지 않으니, 나는 마음껏 울 수 있었다.

나이가 들고 서로 사는 게 바빠 예전처럼 일주일에 두 번씩 만나거나, 매일같이 문자를 하며 지내기는 힘들어져버렸다. 어쩌면 앞으로의 삶이 우리 사이를 점점 더 멀어지게 할지도 모르겠다. 그러나 적어도 지금 이 순간만큼은 미친 사람처럼 강아지를 찾아다니던 Y와 변비를 맹장염으로 오인해 밤새워 불안에 떨던 내 모습을 기억하는 사람이 지구상에 존재하고 있다는 것만으로도 충분하다.

대관령에선 비상등을 켜야 한다

경상도에서 태어나 성인이 된 이후로 서울에서만 쭉 살아온 나는 사실 한동안 강원도를 '바다를 볼 수 있는 휴양지' 정도로 인식하며 살아왔다. 그런 나에게 강원도의 의미를 재정의하게 한 사람이 있는데, 바로 나의 절친한 친구인 소설가 송지현이다.

송지현은 일찍이 동해에 있는 '별장'에서 여름을 나곤 했다. 이렇게만 써놓으니 유복한 집안에서 태어나 한가로이 휴식이나 즐기며 살아온 영애쯤 되는 것 같지만, 실은 그 별장이라는 곳이 지현의 아버지께서 꿔준 돈 대신 받아 온, (투자 가치가 크지 않은 한 동짜리 오래된) 아파트이며, 10여 년간 부동산에 내놨지만 매수자가 한 명도 나타나지 않은 애물단지였다.

작가(소설가)란 무릇 글을 쓰고 책을 내는 직업이나, 직업이라고 부르기는 조금 쑥스러운 감이 없지 않은데 글을 써서 버는 돈이 더할 나위 없이 소박해 글만으로 생계를 이어나가기 어렵기 때문이다. 이에 많은 작가가 예술인 지원사업이나 상금의 도움을 받아 생계를 유지하고는 하는데, 서류상으로 아파트를 소유하고 있는 송지현은 '유주택자'로서 예술가 대상의 지원사업에서 번번이 탈락하고는 했다. 심지어 동료 작가들이 하나둘 문학상을 받으며 (매우 약소한) 상금을 취하는 와중에도 번번이 수상에 실패하는 등 지독히 곤궁하고 박복한 작가 생활을 이어나가게 되었다. 때문에 지현은 주중과 주말을 가리지 않고 온갖 일을 닥치는 대로 하며, 문단의 알바몬으로 정평이 나게 되었다. 목구멍까지 차오른 생존의 위기에 허덕이며 죽도록 일하느라 창작욕이 고갈된 송지현은 결국 1년이 넘게 소설을 한 글자도 쓰지 못하는 상황에 처하게 되었다. 친구이자 독자로서 우려 섞인 마음이 들던 어느 날, 송지현이 내게 선언했다.

더 이상 수도권의 살인적인 월세와 물가를 감당할 수

없다. 나는 강원도로 가 살겠다! 그곳에서 그럴듯한 새 소설을 쓰고, 소설가로 재기하리라!

송지현의 다른 다짐들처럼 공허하게 흩어져버릴 헛소린 줄 알았는데, 지현은 정말 그길로 강원도 동해로 가 살기 시작했다(그리고 그곳에서도 아주 적은 양의 소설을 쓰고 아주 많은 아르바이트를 하며 지냈다). 나는 꿔준 돈보다 턱없이 싼 아파트를 받아 온 지현의 아버지와 자신의 창조적 역량을 과대평가한 송지현 덕분에 여름마다 동해로 휴가를 갈 수 있었으며, 때문에 일생의 대부분을 경기도에서 살아온 송지현을 강원의 딸로 여기게 되었다(하나 송지현은 약 2년여의 강원도 생활을 뒤로하고 빈손으로 다시 경기도의 집으로 돌아와야만 했다).

그런데 최근 강원의 딸,이라는 주관적 별명이 사회적으로 공인된 사건이 일어났다.

송지현이 강릉시에서 주관하는 '허균문학작가상'을 수상하게 된 것이었다. 수상 소식을 가장 먼저 접한 것은 나였다. 허균문학작가상의 주관사인 《강원일보》 기자님께 갑작스레 전화가 왔다. 기자님은 송지현 작가의 연락처가 필요한데 마침 《강원일보》 명부에 연락처가 있는 작가가 나라서 전화했다고 하셨다. 나는 기자님께 "지현이 상 탄 것

맞죠?"라고 거듭 물었고, 기자님은 당황하며 답해줄 수 없다고 했다(그것은 곧 긍정을 의미했다). 지현이의 전화번호를 보내며 나는 쾌재를 불렀다. 오복 중 재물복과 상복이 없기로 유명한 송지현이 등단 10년 만에 첫 문학상을 수상하게 됐다는 사실에 나는 몹시 기뻤다. 사실 상이라는 게 있어도 그만 없어도 그만인 보너스 같은 것이지만, 어디 사람 마음이 그렇던가? 가뜩이나 시장이 협소해진 문학 분야에 종사하는 사람들에게 상이 단순히 '보너스'일 수만은 없다. 문학상은 '명예'나 '상금' 이외에도 때때로 작가의 이름을 알리는 마중물이 돼주기도 하며, 내 작업물이 받을 수 있는 피드백의 '전부'가 되기도 한다. 데뷔한 후 10년 동안 무응답에 가까운 상황이었던 송지현에게 첫 응답이 온 것이다. 그것도 강원도에서.

수상 소식을 나누며 한바탕 눈물을 흘린 우리는 이후 2박 3일의 강릉 여행을 계획하기 시작했다. 그것이 엄청난 역경의 여정이 될 줄은 알지 못한 채…….

시상식 전날, 나는 (역시나 생계를 위해) 소설 수업을 하는 중인 송지현을 데리러 가기 위해 봉천동의 일터로 향했다. 당시 나는 3개월 차 초보 운전자였고 고속도로를 타고 서울 밖으로 나가본 적도 없었다. 내 운전 솜씨를 믿지 못한 송지현이 직접 자신의 차를 운전해서 가겠다는 걸 내가 굳이 꽃가마(나의 새 차)를 태워 데려다주겠다고 강력하게 밀어붙였다. 송지현은 결국 마지못해 그러자고 했다.

그러나 우리의 꽃가마 프로젝트는 시작부터 난관에 부딪혔다. 봉천동, 상가 앞의 골목이 너무 좁아 초보 운전인 내가 운전하기에 몹시 까다로웠다. 나는 개미가 기어가는 속도로 차를 몰며 음식물 쓰레기통을 치지 않기 위해 여러 번 심호흡을 했다. 그렇게 간신히 건물 앞에 당도해 비상등을 켜고 차를 주차해놓았는데, 송지현에게서 문자가 왔다. 소설 합평이 길어져 당초 예상했던 시간보다 30분 정도 수업이 늦게 끝날 것 같다고. 나는 좁은 골목에 차가 지나갈 때마다 숨이 넘어갈 것 같은 공포를 느끼며 30분을 세 시간처럼 버텼다.

송지현은 수업을 마치고 나와 금단 현상을 겪는 중독자처럼 손을 부들부들 떨며 담배를 피우기 시작했다. 그리고 내 차에 타자마자 사실 고백할 게 있다고 했다.

"나 한국일보문학상도 탔어."

우리는 차 안에서 비명을 질렀다. '한국일보문학상'이라고 하면 역사가 50년도 넘은, 연령과 경력을 불문하고 작품만으로 상을 수여하는 것으로 유명한 대한민국 대표 문학상 아닌가. 나는 지현에게 축하한다고 연신 말했다. 그리고 곧바로 누가 알고 있냐고 물었다.

"어 아직 아무한테도 말 안 했어. 기자님이 말하지 말라셔서."

"에이 이미 결정된 건데, 뭐 어때! 빨리 소문내자."

"(다급하게) 안 돼! 수상 취소되면 어떡해."

"어머? 그럴 수도 있나? 지금 내가 소문내서 수상 취소되면 어떻게 되려나. 이야기가 점점 재밌어지겠는걸?"

"내, 내가 사람을 너무 쉽게 믿었다."

뭐 이런 쓸데없는 얘기를 하며 우리는 강원도로 향했다. 고속도로 운전은 시내 운전과 별반 다르지 않았다. 오히려 길이 뻥 뚫리고 바르게 닦여 있어 쾌적한 느낌마저 들었다. 딱, 경기도까지 말이다.

강원도로 들어서는 순간 나는 전율했다. 강원도의 모든 길은 터널이거나 산을 빙 둘러서 만들어진 커브 길이었다. 강원도가 고산지대라는 것은 중학교 때 이미 배운 터인데, 나는 그것을 왜 몰랐던가. 가뜩이나 운전도 미숙한데 터널을 들락날락하며 고속으로 커브를 계속 돌자 차가 공중에 붕 뜬 것만 같은 기분이 들었다. 하도 긴장하며 커브를 도는 통에, 나중에는 전완근이 쑤시기 시작했고 나의 과감한 핸들링에 송지현은 연신 비명을 질러댔다.

"악! 한 번이라도 상은 받아보고 죽게 해줘!"

나는 소리를 지르는 지현에게 정신 사나우니까 차라리 핸드폰으로 캔디크러쉬나 하고 있으라고 명했다. 은근히 사람 말을 잘 듣는 송지현은 핸드폰으로 게임을 하고, 메시지를 보내며 불안을 달래다 내게 말했다.

"백은선(시인)이랑 재랑이(지현의 친동생이자 사진작가)는 이미 강원도 도착했대."

자정이 훌쩍 넘은 시간이었고 내비게이션 속 예상 도착 시간은 점점 늦어지고 있었다. 잘 시간이 다가오자 눈이 건조해 앞이 점점 흐려졌다. 이윽고 차는 대관령에 도달했고 순간 태어나서 본 것 중 가장 짙은 안개가 도로를 덮쳐왔다. 가시거리가 5미터도 채 되지 않았다. 나는 너무 당황해 소리를 질렀다.

"아무것도 안 보여! 〈디 아더스〉 같아!"

송지현은 태연한 목소리로 말했다.

"여기 원래 이래. 비상등 켜고 앞차 보면서 가!"

공포에 사로잡힌 나는 지현에게 외쳤다.

"비상등 버튼 쳐다볼 정신도 없어! 고개도 못 돌리겠

어! 눌러줘!"

그제야 사태의 심각성을 느꼈는지 지현은 한참 동안 대시보드와 센터페시아의 온갖 버튼들을 더듬더듬 훑다 우는 소리로 외쳤다.

"비상등 버튼을 못 찾겠어! 내 차랑 너무 다르게 생겼다고. 으앙!"

나는 턱짓으로 오른쪽 가장 끝 버튼이라고 알려주었고 그제야 지현은 비상등을 켤 수 있었다.

그 이후로 안개가 나타날 때마다 송지현은 매번 비상등을 대신 켜주었다. 숙소에 먼저 도착한 백은선에게 전화가 왔다. 지현은 전화 너머 은선의 말을 듣다 깔깔대며 웃었다. 전화를 끊은 지현에게 무슨 얘길 했느냐고 물었다.

"우리 상황 듣더니, '한국 문학의 큰 별이 두 개나 지겠네'라고 했어."

그 말을 듣고 덩달아 한참을 웃었다. 그리고 이내, 그 말이 아예 가능성이 없지 않다는 것을 깨닫고 다시 어깨가 빳빳해졌다.

강릉에 다다를 무렵 룸미러를 통해 뒤쪽에서 불빛이 번쩍이는 게 보였다. 나는 15년 차 운전자 지현에게 물었다.

"저거 뭐야? 도로에 사이키 조명 같은 게 다 있네?"

"응……. 저건 뒤에 있는 운전자가 너 너무 느리다고, 비키라고 하이빔 쏘는 거야."

"아……."

강릉의 한 시장 부근에 있는 호텔에 도착했을 땐 새벽 1시가 훌쩍 넘은 시간이었다. 지현은 자기 혼자 운전해서 오면 두 시간 반 걸릴 거리를 나와 함께 오느라 네 시간 걸렸다고 했다. 나는 가슴을 쓸어내렸다. 하마터면 내 차가 꽃가마가 아니라 꽃상여가 될 뻔했다.

눈물은 언제나 나의 몫

호텔에 도착하자마자 맥주 한 캔을 마시고 바로 뻗었다. 눈을 떴을 때, 나는 시상식에 늦은 것을 직감했다. 시상식의 시작은 9시, 식장은 허균 생가터였다.

사실 소설가들 사이에서 허균문학작가상 시상식은 꽤 유명한 편이다. 통상적인 문학상 시상식이 프레스센터나 대강당 등의 장소에서 저녁 무렵에 진행되는 반면, 허균문학작가상은 허균과 허난설헌의 생가에서 일가의 제례 의식을 겸해 이른 시간부터 시작된다. 2019년에 허균문학작가상을 받은 나는 이 일련의 행사를 경험해본 바 있다. 시상식의 주인공일 때는 모든 행사에 참여하기 위해 아침 일찍부터 부지런을 떨었으나, 지금은 일개 손님에 불과하니 시상할 즈음에 맞춰서 가면 될 일이었다.

　주차 자리를 찾지 못해 빙빙 돌다 간신히 차를 세운 후 시상식장에 도착했을 땐 다행히 막 시상식이 시작되고 있었다. 한옥인 허균 생가 앞에 마련된 시상식장에는 떡 케이크를 포함해 온갖 음식들이 차려진 제사상이 준비돼 있었고, 그 앞에 깔린 플라스틱 의자에는 옥색 한복에 갓을 쓴 유생분들과 양복을 입은 분들이 줄줄이 앉아 계셨다. 장내 아나운서가 강릉 시장님부터 가톨릭대학교 총장님,《강원일보》대표님 등 참석 인사들을 차례로 소개했다. 3년 전 이 모든 것들을 경험한 나는 경력직으로서 차분한 태도를 유지했으나, 백은선과 송재랑 등은 터져 나오려는 웃음을 참느라 바빴다. 심사위원이신 김도연 작가님께서 앞으로 나와 심사평을 읽기 시작했다.

　"송지현의 소설 속 인물들의 전복적인 모습, 이를테면 외삼촌과 딸들이 맞담배를 피우는 장면이 인상적이었으며……."

　그때 나와 송지현은 눈이 마주쳐버렸고 우리는 빵 터져 웃느라 더 이상 심사평을 듣지 못했다. 소설 속 자매의 모습이 너무나도 현실을 닮아 있었기에. 곧 나는 혼자만의 상념에 빠져들었다. 외삼촌과 딸들이라니. 외삼촌과 조카들이 맞지 않나? 근데 왠지 조카들보다는 딸들이 더 맞는 표현인 것만 같다……. 내가 잡생각에 빠져 있는 사이, 송지현이 수상 소감을 발표하러 나왔다. 나는 황급히 달려나가 준비한 플라스틱 티아라를 지현의 머리에 씌워주었다. 지현은 지난 몇 달간 자신이 꾼 꿈의 목록을 읊으며(도자기를 깨부수는 꿈, 은쟁반에 구슬이 담긴 꿈 등) 이를 통해 수상을 예감했었다고 다소 무속신앙에 경도된 모습을 보여주었고 그렇게, 시상식이 끝났다.

그러고 나는 인파를 뚫고, 뒤도 돌아보지 않고 주차장을 향해 달렸다. 지역 행사의 특성상 조금이라도 타이밍을 잘못 잡았다간 주차장에서 수십 분 동안 대기해야만 한다는 사실을 잘 알고 있었기 때문이다. 나는 30년 차 드라이버처럼 능숙하고 잽싸게 차를 뺀 후, 주차장 입구에 있으니 얼른 나오라고 지현에게 전화를 걸었다. 지현은 백은선의 차를 타면 되니 먼저 식당에 가 있으라고 다급하게 말했다. 나는 겨울이면 언제나 죽고 싶다고 난리를 치던 송지현이 이제는 목숨 귀중한 것을 알게 되었나 보다, 생각했다.

남들은 잘 모르지만 은근히 주도면밀한 구석이 있는

나는《강원일보》측에서 마련해준 초당두부 전문점 대신 테라로사 커피로 향했다. 우리 일행은 나와 송지현, 송재랑, 백은선을 포함해 (지현의 오랜 친구이자 강릉 시민이기도 한 뮤지션) 나디아 부부까지 총 여섯 명이나 됐다. 주말 오후 2시의 카페에 여섯 명이 다 같이 앉을 수 있는 자리를 확보하기란 쉽지 않을 터. 나는 테라로사에서 커피와 빵을 시킨 뒤 커다란 테이블에 앉아 조금씩 자리를 넓혀나가기 시작했다. 그리고 모두가 식사를 마치고 도착했을 무렵, 정확히 여섯 명이 앉을 수 있는 자리를 확보했다. 말 못 해 죽은 귀신이 붙은 작가 셋에, 역시나 표현 못 해 죽은 귀신이 붙어 있는 사진작가(송재랑)와 뮤지션(나디아)까지 있으니 수다가 흐드러지게 피어났다. 나는 한창 수다를 떨다 말고 카메라를 잡고 있는 송재랑에게 내 사진을 찍으라 명했다. 처음에는 다소 투덜대던 재랑은 프로답게 구도를 바꾸고 다채로운 포즈를 주문하며 나의 프로필 사진을 (반강제로) 찍어주었다. 사진을 찍고 돌아오자 다음 코스로 어디에 갈지 열띤 토론이 벌어지고 있었다.

본디 서울 서북부에 기거하다 3년 전부터 강릉에 이주해 살고 있는 나디아와 그의 남편 광용(영문명: CRAZY DRAGON) 님은 관광객인 우리에게 강릉 주민만이 알고 있는 특별한 장소를 소개해줘야 한다는 사명감을 느끼고 있었다. 장고 끝에 낙점된 곳은 소돌해변이었다.

30분쯤 차를 달려 도착한 해안은 과연 절경이었고, 사람도 많지 않아 가만히 바다를 구경하기 좋았다. 해안가로 내려가 파도를 만끽하던 우리는 놀랍게도 한 무리의 청둥오리가 바다에서 수영하는 것을 목격했다. 청둥오리의 정체를 두고 여러 의견이 오갔다. '오리는 원래 호수나 강에 서식하는 것 아닌가?' '옆의 경포대에서 살던 오리가 세력 다툼에 밀려 이곳까지 이주한 것이다.' '아니다, 철새인 청둥오리가 동남아로 떠나기 전 바다에 들러 잠시 쉬고 있는 것이다.' 등등.

인간들이 뭐라고 떠들건 말건 오리들은 유유히 바다를 헤엄치기 바빴고, 바람은 따사로웠으며, 해가 뉘엿뉘엿 지기 시작했다. 아름다운 풍경을 보다 보니 자연히(?) 음주가무가 생각난 우리는 유흥을 위해 각자의 차를 놓고 밤에 다시 모이기로 했다.

우리 관광객들(나와 송지현, 송재랑, 백은선)은 H호텔로 돌아왔다. 가을철에도 온수풀을 운영하는 것으로 유명해, 거금을 들여 예약한 곳이었다. 예약할 때만 해도 호캉스에 수영이 빠질 수 없다고 난리를 쳤던 우리였으나 막상 숙소로 돌아오자 몹시 피곤해 몸이 무거웠다. 졸업 전시 준비를 하느라 전날까지 밤을 새웠던 송재랑은 침대에 눕자마자 곯아떨어졌고, 송지현과 백은선은 맥주를 따고 여유와 풍류를 만끽하기 시작했다. 나도 피곤한 건 매한가지였으나, 본디 없이 자라서 그런지 자꾸만 가성비 생각이 났다. 결국 나는 홀로 피곤한 몸을 이끌고 꾸역꾸역 수영장으로 올라갔다.

해가 져버린 시각, 온수풀 안에는 커플들만이 즐비했다. 나는 저마다 행복해 보이는 사람들 틈바구니에서 고고한 학처럼 핸드폰을 들어 홀로 셀카를 찍었다. 어떤 각도로 사진을 찍어도 애정 행각을 벌이는 커플들의 모습이 잡혔고, 갈수록 자괴감이 스멀스멀 피어오르기 시작했다. 안되겠다 싶어 일행에게 얼른 수영장으로 올라오라고 문자를 하던 도중, 그만 수영장에 핸드폰을 빠뜨리고 말았다.

그렇게, 2년 동안 내 삶의 모든 날, 모든 순간 함께했던 아이폰 SE2는 영면에 들었다.

애도의 시간을 가질 틈도 없이 송지현과 백은선이 수영복을 입고 수영장에 도착했다. 아무리 온수풀이라고 해도 가을은 가을인지라 우리는 오들오들 떨면서 계속 전투적으로 수영을 했다(문인들은 뭘 해도 곧잘 전투적으로 변하곤 한다. 아마도 평소에 가난과 결핍이 만연한 탓일 것이다). 그렇게 밤이 깊었고 풀장에 득실대던 커플들이 하나둘 떠나갔다. 우리의 입술도 갈수록 파랗게 질려갔지만, 이대로 수영장을 떠날 수 없다는 생각에 온수풀로 자리를 옮겼다. 때마침 수영장에 오아시스의 노래가 흘러나오기 시작했다. 브릿팝의 오랜 팬인 송지현, 백은선과 나는 누가 먼저랄 것도 없이 노래를 따라 불렀다. 이 노래가 끝나면 객실로 돌아가자고 합의를 했는데, 다음 곡으로 라디오헤드의 〈크립(Creep)〉이 나오는 순간 우리는 다시 자리에 앉아 떼창을 했다. 해야만 했다. 다음은 킨(Keane), 그다음은 U2……. 도대체 누가 선곡한 것인지……. 결국 우리는 목이 쉬도록 노래를 부른 다음에야 간신히 수영장을 떠날 수 있었다.

약속했던 9시가 됐고 우리는 한바탕 개운하게 자고 일어난 송재랑을 깨워 택시를 탔다. 나디아 부부가 말한 '엄지네'라는 주점으로 향했다. 놀랍게도 엄지네는 강릉 시내의 한 거리를 모조리 차지할 만큼 지점이 많은 엄청난 규모의 주점이었다. 우리는 많고 많은 엄지네 중 '2번'이라고 적힌 곳에 들어가 나디아 부부와 마주했다. 평상복으로 환복한 그들을 보는 순간 나도 모르게 외쳤다.

"마포구민이다!"

아닌 게 아니라 둘은 누구보다도 연남동 힙스터 같은 차림새였다. 나디아의 경우 노란 탈색모를 커다란 집게 핀으로 고정하고 있었고, 그의 남편 광용 님은 챙이 좁은 버킷햇을 썼으며 잘 정돈된 수염을 가지고 있었다. 무엇보다도 둘 다 90년대를 방불케 하는 와이드팬츠를 입고 있었다(참고로 진짜 마포 인근에 사는 나는 동네 술집에서 홍보용으로 나눠준 티셔츠에 무릎이 나온 트레이닝복 바지 차림이었다). 우리 일행은 레트로한 느낌이 드는 동그란 철제 테이블에 앉아 온갖 안주를 시켜 먹었다. 우리가 너무 맛있다고 이야기하자 나디아가 자랑스럽게 말했다.

"그쵸? 여기 하도 인기가 많아서 서울까지 진출했다니까요!"

그조차 너무나 유행의 첨단 같은 느낌이라 우리는 강릉이 새로운 마포임이 분명하다는 나름의 결론을 내리게 되었다(심지어 진짜 마포에도 지점이 있었다). 술자리는 갈수록 무르익었고 시간은 밤 10시, 직원 한 분이 조심스럽게 우리에게 다가와 영업이 종료되었다고 말해주셨다. 우리는 쫓기듯 밖으로 나와 허망한 기분에 사로잡혔다.

강릉의 마포 부부는 몹시 초조한 표정이었다. 연신 핸드폰으로 주점을 검색했지만 일요일 밤, 문을 연 곳을 찾기는 쉽지 않았다. 결국 우리는 번화가 주변을 배회하며 문 연 주점을 찾아다녔다. 몇 번이고 영업시간 종료가 임박한 가게를 마주하고 난 후, 나는 조용히 중얼댔다.

"강릉은 마포와 같다. 영업시간만 빼고……."

결국 돌고 돌아 우리를 받아준 구원과도 같은 주점이 한 곳 있었다.

강릉뿐만 아니라 전국 어디에서도 볼 수 있는, 투다리.

역시 구관이 명관이라는 결론을 안고 우리는 투다리에 가서 김치우동과 각종 꼬치구이를 시켜 먹었다. 술자리가 다시 무르익고 모두 얼굴이 발그레하게 취할 때쯤 송재랑이 건배사를 하기 시작했다. "몇 번이고 마감에 늦는 언니를 깨워 글을 쓰게 만들었는데, 이런 날이 올 줄이야……"까지 말하고 이내 울기 시작하는 재랑. 나 역시 눈물이 핑 돌았다. 눈물을 삼키고 재랑의 말을 받아 건배사를 이어나갔다. "매일 죽겠다고 난리 치던 걸 겨우 살려놨는데, 상을 두 개나 받고 이젠 다시는 죽겠다는 소리……"까지 말하다 대성통곡을 해버렸다. 정작 눈물 잔치의 서막을 열었던 송재랑은 그런 나를 보고 킬킬 웃기 시작했다.

나는 부끄러워서 거북이처럼 티셔츠 목 안으로 얼굴을 묻은 채 눈물을 참았다. 사람들은 다들 웃고 동영상을 찍고 난리였다. 그렇게 한바탕 눈물 쇼를 벌이고 난 후 간신히 진정된 나는 혼잣말처럼 "나 원래 잘 안 우는데……"라고 했고 이내 좌중이 웃음바다가 됐다. 송지현이 말했다.

"뭔 소리야. 너 술만 먹으면 울어!"

"아냐. 너랑 술 먹을 때만 그런 거야. 신세 조진 인생들이라!"

그때 옆에 앉아 있던 백은선이 말했다.

"나도 너 우는 거 본 적 있는데?"

내 눈물의 트리거가 되어준 송재랑도 덧붙였다.

"오빠, 나랑 술 마실 때도 운 적 있어."

그렇게 하나씩 퍼즐을 맞춰보니, 그 자리에 있는 모두가, 심지어 태어나서 두 번째 보는 나디아조차 내가 술자리에서 우는 것을 본 적이 있다고 했다.

지금껏 누군가 주사가 있냐고 물어보면 나는 교양 있는 사람들의 현대 서울말로 차분히 말하곤 했다.

"졸려서 집에 가요. 귀소본능이 남다르거든요. 연어처럼요."

35년 하고도 11개월을 살고 나서야 비로소 나의 진짜

주사를 알게 되었다.

술 취한 나는, 운다.

투다리에서 눈물과 폭소가 공존하는 2차를 가진 우리는 한국인의 필수 코스인 노래방을 빼놓을 수 없다는 생각에 또다시 강릉 시내를 이 잡듯 뒤져 영업을 하는 노래방을 찾아갔다. 직업이 가수인 나디아와 한 학기 동안 보컬을 전공했던(그러나 불행히 학과가 통폐합돼 결국 다시 입시를 준비해야만 했던) 송재랑의 노래를 들었다. 둘 다 노래를 무지 잘 불렀고, 그러나 여느 때처럼 노래는 내가 제일 많이 불렀다. 우리는 갈수록 신이 났다. 신난 기성세대 취객들이 그렇듯 크라잉넛의 〈말 달리자〉와 같은 노래를 부르며 방방 뛰었다. 목이 쉬고 노래방 시간이 끝나갈 때쯤 송지현이 김광진의 〈편지〉를 부르다 울기 시작했다. "기나……긴…… 그대…… 침묵을 이별로……"에서 가사가 더 나아가지 못하자 좌중은 또다시 웃음바다가 되었다.

"쟤 지금 〈편지〉 부르다 우는 거야?"

나는 1절 간주가 나오기 무섭게 취소 버튼을 눌렀다. 송지현은 울다 말고 나에게 소리쳤다.

"더 부르고 싶었다고!"

"뭘 더 불러! 그만 울어!"

술 취해 우는 건 나로 족했다. 아니, 나여야만 했다!

다음 날 서울로 올라갈 때가 되자 나는 강렬한 공포심에 사로잡혔다. 어제의 구불구불한 고속도로를 또다시 운전해야 한다니…… 생각만 해도 전완근이 저려오는 것만 같았다. 결국 나는 (꽃가마를 태워주겠다고 호언장담했던) 송지현에게 제발 나 대신 운전 좀 해달라고 애걸했다. 송지현은 어림도 없다는 표정으로, 보험도 없이 차를 몰 수는 없다고 했다. 나는 악착같이 인터넷을 뒤져, 일일 운전자 보험을 찾아냈고 송지현의 이름으로 24시간짜리 보험을 들었다. 송지현은 한숨을 쉬며 알겠다고 했다.

그날 밤, 나는 내 차의 뒷좌석에 앉아 송지현이 받은 어마어마하게 많은 꽃다발 향기를 맡으며 (그야말로 꽃가마를 타고) 쾌적하게 서울로 돌아왔다.

✳

그로부터 한 달 뒤 한국일보문학상 시상식 날, 나는 오랜만에 양복 재킷을 입고 잔뜩 멋을 부린 채 시상식장으로 향했다. 송지현이 나에게 축사를 부탁했는데, 온갖 멋을 내느라 그만 예상보다 늦어버렸다. 시상식장에 도착했을 땐 막 내 축사 순서가 된 참이었다. 나는 아슬아슬하게 무대에 올라 축사를 읽기 시작했다.

　　송지현과 저는 만 10년 정도 된 친구입니다. 처음 만났을 때 송지현은 막 등단해 소설보다 유서를 더 자주 쓰던 우울증 말기 환자였습니다. 저는 송지현을 통해 소설가가 된다는 것이 그다지 행복한 일은 아니구나 느끼며 예방주사를 맞았습니다. 우리는 대학원에서 만나 강화길을 비롯한 소설가들과 함께 '황금족발비밀결사대', 줄여서 '황족비결'이라는 스터디를 결성했습니다. 우리는 소설을 쓰는 대신 자취방에 모여서 고스톱을 쳤습니다. 할머니 어깨너머로 조기교육을 받은 지현은 압도적으로 고스톱을 잘 쳤습니다. 바르게 자라 도박을 몰랐던 저는 번번이 지고 말았지요. 지는 걸 싫어하는 저는 부아가 치밀어 올랐습니다. 그러다 운 좋게 굉장한 패를 잡은 저는 무려 투고를 외치며 모든 것을 뒤집을 기회를 잡았습니다. 쓰리고를 앞둔 환희의 순간…… 저는…… 똥을 싸버렸습니다. 타짜 송지현은 그 똥을 바로 주워 먹었으며, 저를 빈털털이로 만들었습니

다. 그날 저는 뼈에 사무치는 이 원한을 평생 잊지 않겠다
고, 언젠가 복수를 하고 말리라고 결심했습니다. 그 후 송
지현은 우울증이 갈수록 심해져, 첫 번째 소설집의 소설들
을 다 쓰고 나서도 무려 4년 동안 출간하지 않는 전형적인
회피형 인간의 면모를 보여주었습니다. 그래서일까요? 작
가 송지현은 데뷔 만 9년이 되던 작년까지 단 한 번의 비평
적 언급도…… 그 어떤 문학적 응답도…… 받지 못했습니
다……. 트위터에서 송지현을 검색하면 웹소설 속 잘생긴
남자 주인공만 나왔습니다……. 송지현은 가상의 인물도
이기지 못했습니다.

저는 송지현이 제가 싼 똥을 주워 먹고 쓰리고를 막았
던 그 순간을 용서하기로 했습니다. 그것뿐이게요?

송지현은 제가 추울 때면 저보다 더 추운 곳에 있고……

제가 힘들 때면 저보다 더 힘든 곳에 있고……

제가 가난할 때면 저보다 더 가난하고……

제가 세상의 인정을 받지 못할 때면 저보다 더 인정을
받지 못해…… 저를 마음대로 불행하지 못하게 만들었습
니다.

본인이 더 불행하게 사는 방식으로…….

여기까지 읽고 나는 결국 오열하고 말았다. 불행의 왕관을 내줄 수 없다는 강렬한 의지를 가진 사람처럼. 겨우 눈물을 수습하고 나는 다시 축사를 읽어 내려가기 시작했다.

송지현은 그런 문학적 무응답에 응답하기라도 하듯 은퇴를 꿈꿨습니다.

(돈도 없으면서) 프랑스에 유학을 가 일러스트레이터가 될 것이다…….

(돈도 없으면서) 사주 카페를 차릴 것이다…….

(오라는 회사도 없는데) 정규직으로 취직할 것이다…….

등등의 현실성 없는 문학적 도피를 꿈꾸었고, 해마다 날이 추워질 때면 죽고 싶다고 난리를 쳤고, 저는 지현이의 동생 송재랑에게 전화를 걸어 재랑아, 너네 언니 또 돌았다. 병원 끌고 가서 약 먹여라…… 말했습니다.

저는 부모님 흉보는 게 삶의 낙입니다. 친구들 사이에서 이상한 부모님 경연 대회를 열면, 언제나 압도적 1위의 자리를 놓치지 않던 저입니다. 그러나 지현이를 만나고 저는 그 자리조차 빼앗겼습니다. 제 부모님이 아무리 이상한 행동을 하셔도…… 그녀의 부모님은 그 이상을 해내곤 하셨습니다. 불행의 제왕이었던 저는 강제로 폐위를 당한 것 같은 기분에 사로잡혔습니다…….

여기까지 읽고 고개를 들었을 때 나는 보고야 말았다. 멀뚱멀뚱 나를 바라보고 계신 지현이 어머니와 아버지의 얼굴을. 그리고 서로 똑 닮은, 아무리 봐도 이름이 '송'으로 시작할 것 같은 한 무리의 중년 남녀들의 모습을. 등골이 서늘해지고 손에 땀이 배었다. 나는 유야무야 축사를 마친 후, 현기증을 느끼며 자리로 돌아왔다. 그리고 내 옆에 앉아 있던 송지현에게 복화술로 말했다.

"왜 부모님 오신다고 말 안 했어. 어제 축사 내용 보여 줬잖아!"

"괜찮아. 틀린 말 한 것도 없는데."

"혹시 옆에 계신 분들은 친척이셔?"

"응. 우리 큰아빠랑 아빠 친구들까지 다 오셨어."

"미치겠다. 진짜 왜 말 안 했어! 나 민망해서 너네 부모님 어떻게 봐."

"괜찮다니까. 엄마 아빠도 좀 알아야지. 자기들이 이상한 거."

나는 입이 떡 벌어졌다. 송지현은 자신의 부모님에게 일침을 날리기 위해, 나를 장기 말로 이용한 거였다. 허술

해 보이는 그녀가 실은 지독한 지략가라는 것을 잊은 죄로 나는 그날 시상식이 끝난 후, 송지현의 부모님에게 손이 발이 되도록 싹싹 빌어야 했다.

대탈출 프로젝트

작가가 되고 나서 전라도에 갈 일이 부쩍 많아졌다. 순전히 주관적인 생각이지만 전라도 쪽에서 유달리 문학 관련 행사가 자주 열리는 것 같다. 특히 광주에는 문예창작과가 개설된 대학이 많고 문학 관련 단체도 많아 1년에 몇 번씩 가게 된다.

대구에서 태어나 고등학교 때까지 쭉 그곳에서 자란 나는 이전까지 광주에 올 일이 별로 없었다. 전라도와 경상도를 가로지르는 화개장터 때문인지(?) 경상도에서 전라도로 가는 직행 기차도 없어, 몇 번이고 여행을 계획했다가도 교통의 불편함과 여러 사정 때문에 포기하곤 했었다. 그 때문에 내 고등학교 동창 윤주성이 광주에서 살게 되었을 때 나는 몹시 놀랄 수밖에 없었다.

행사 당일 광주 송정역에 내린 나는 까만 세단 옆에 기대서 있는 윤주성을 단박에 알아보았다. 마지막으로 본 게 윤주성의 결혼식 날이니(심지어 나는 결혼식 사회를 보기까지 했다) 족히 3년 만에 보는 것이었음에도 윤주성은 전혀 달라지지 않았다. 평균보다 조금 작은 키에 구부정한 자세, 눈보다 턱이 먼저 마중 나오는, 내가 아는 윤주성의 모습 그대로였다.

우리는 여느 때처럼 다른 지역 사람들이 들으면 왠지 싸우는 것 같은 호전적인 어조의 경상도식 인사를 마친 후 차에 탔다. 윤주성이 운전하는 차에 타는 순간 나는 왠지 모를 기시감을 느꼈다. 약간은 불안한 핸들링, 운전을 잘하지도 못하는 주제에 옵션을 잔뜩 끼워서 중대형 세단을 지른 결단력. 최근 차를 사서 운전을 시작한 나의 모습과 판박이였기 때문이다. 윤주성은 나를 송정의 명물인 떡갈빗집에 데려다주겠다고 호들갑을 떨었다. 나는 아침을 늦게 먹어 배가 고프지는 않았지만, 떡갈비라는 세 글자에 덩달아 행복해져 얼른 그러자고 윤주성을 채근했다.

역에서 멀지 않은 거리에 '떡갈비 타운'을 방불케 할

만큼 많은 떡갈비 전문점들이 있었다. 현지인이 아니면 도저히 구별할 수 없을 것 같은 수많은 가게 사이에서 윤주성은 이곳이 진짜라며 유달리 줄이 긴 한 가게를 골라 나를 앞세웠다. 아무리 천하 진미라도 절대 대기를 하지 않는다는 삶의 원칙을 가진 나지만, 떡갈비 앞에서는 그 원칙을 무너뜨릴 만했다.

우리는 기나긴 대기 줄에 섰다. 동창들이 만나면 으레 그렇듯 우리는 학창 시절 친구들의 근황을 주고받았다. 변호사인 A는 용산의 아파트로 이사를 갔고, 대기업에 다니던 F는 퇴직한 뒤 약학 대학원에 들어갔으며 스무 살에 사고를 쳐서 결혼한 C는 얼마 전 이혼을 했다더라⋯⋯.

심상하게 떠드는 윤주성의 목소리를 오랜만에 듣고 있노라니 이상하게 예전 기억이 자꾸 떠올랐다. 함께 고등학교에 다니던 시절, 유달리 걸걸한 목소리의 윤주성에게 음악 선생님께서 아무리 봐도 너 성대를 다친 것 같다며, 자신이 잘 아는 한의원을 소개해주겠다고 했던 말. 그 얘기를 듣고 자지러지게 웃었던 기억 같은 것들. 마음만큼은 그때와 다를 바 없는데 세월이 벌써 20년이나 지났다는 게 새삼스러웠다.

어느덧 우리 차례가 되었고 우리는 거의 떡갈비 공장

이나 다름없는 엄청난 규모의 음식점에 입성했다. 윤주성은 어마어마한 양의 떡갈비를 시켰다. 남은 것은 포장해 가족과 저녁에 먹을 예정이니 걱정하지 말라는 말을 덧붙였다. 그 말을 듣고 나서야 나는 새삼 윤주성이 가족을 꾸리고 있다는 사실을, 가족과 함께 정착하기 위해 이 먼 곳에 왔다는 사실을 실감했다.

수의사인 윤주성은 대구와 서울, 경기도 여러 곳의 동물병원을 전전하다, 결혼 후 광주의 한 신도시에 병원을 개업했다. 얼마 전에는 아이까지 낳아 어엿한 부모가 됐으니 나로서는 놀라움의 연속이었다.

"주성이, 나는 니가 애를 낳았다는 사실이 아직도 안 믿긴다."

"야, 말도 마라. 나는 니가 티비 나올 때마다 너무 깜짝 놀란다."

서로의 삶이 이토록 달라졌다는 사실이 새삼 묘하게 느껴졌다. 한때 우리의 삶은 같다고 봐도 좋을 만큼 완벽히 겹쳐 있었으니까.

윤주성과 나는 고등학교 학생회에서 만났고, (당시로서는 흔치 않게) 케이블 TV에서 방영하는 리얼리티쇼와 아이

돌 음악을 좋아하고 서울에 대한 동경이 있다는 공통점으로 순식간에 친해졌다. 비교적 얌전하게 고등학교 생활을 했던 나와는 달리 윤주성은 학창 시절 동안 꽤 활발하게 연애 사업을 전개했고, 그 이유만으로 성적이 나쁘지 않고 큰 사고를 치지 않았음에도 선생님들의 빈축을 사곤 했다.

고등학교 3학년 1학기가 끝난 후 윤주성과 나는 수학 성적에 의해 서울행이 좌초당할 위기에 처하자 특단의 조치를 취해야만 했다. 어떻게 해서든 수시 전형에 목숨을 걸어야 한다는 판단이 선 우리는, 여름방학 때 학교에서 강제로 실시하는 보충수업을 받는 대신 과감히 서울행을 결정했다.

우리는 연희동과 광명에 위치한 각자의 친척 집에 묵으며, 강남에 있는 논술 학원에 다녔다. 이역만리 서울 땅, 의지할 곳 하나 없는 우리는 수업 사이사이 만나 샌드위치나 샐러드로 점심을 때웠으며, 서울 시내 존재하는 거의 모든 학교에 원서를 쓰고 대학별 고사를 쳤다. 명확한 기준도 배치표도 없는 수시인지라 우리의 지원 대학과 학과는 들쑥날쑥했다. 이과인 윤주성의 경우 생물학과부터 시작해서, 재료공학과, 동물공학과, 식품영양학과까지 썼고, 문과인 나는 경영학과부터 영어영문학과, 신문방송학과, 민속학과까지 지원했다. 시험을 치고 난 후 대학교 앞 밥집에서 철판볶음밥이나 오믈렛 같은 것을 사 먹었다. 벼락이라도 쳐서 기적적으로 대학에 붙기를 빌고 빌었으나, 불행히 우리 둘 다 모든 대학에 떨어지고 말았고 아무런 소득 없이 다시 대구로 돌아가야만 했다.

수능을 치고 난 후 가장 먼저 만났던 사람도 바로 윤주성이었다. 시험을 마치고 집에 돌아온 나는 아무래도 불길한 기분이 들어 가채점도 하지 않고 그저 누워 있었다. 그때 윤주성에게 전화가 왔다.

"니 점수 잘 나왔나."

"아니, 내 채점도 안 했는데."

"나도. 보나 마나 망한 거 같아서."

"니 저녁 먹었나?"

"아니."

"우리 그럼 채점하기 전에 마지막 만찬을 즐길래?"

"그래. 수험표 들고 온나. 할인 받자."

그렇게 시내에서 만난 우리. 꽤 그럴듯한 음식점에 가려고 했지만, 날이 날이니만큼 모든 음식점이 사람으로 꽉 차 있었고, 거리를 헤매고 헤매다 우리가 들어간 곳은 바로 피자헛이었다. 치즈크러스트 피자 패밀리 사이즈에 오븐 파스타까지 한 상 가득 시켰으나, 도통 음식이 넘어가지 않았다. 입안의 음식물을 튀기면서 전투적으로 수다를 떨던 평소와 달리 우리 사이에는 별다른 말이 오가지 않았다. 그 빈자리를 한숨이 가득 채웠던 것 같다.

그리고 수능 점수 발표가 났을 때 나는 진심으로 놀랐다. 예상과 달리 내가 수학에서 찍은 문제들이 (심지어 주관식까지) 기적적으로 다 맞아 태어나서 가장 높은 점수를 받게 되었던 것이다. 반면 윤주성은 평소보다 좋지 않은 점수를 받았다. 우리는 배치표를 뚫어지게 보면서 머리를 쥐어뜯어가며, 나름대로 머리를 써서 여러 대학에 지원했다.

윤주성의 대학 합격 발표를 지구상에서 가장 먼저 확인한 사람은 바로 나였다. 학교 측에서 공고한 시간보다 이른 시각에 합격 발표가 났다고 했다. 집에서 미드를 보고 있던 내게 윤주성의 전화가 걸려 왔다. "상영이, S대랑 K대랑 지금 싹 다 발표 났단다! 좀 확인해줄 수 있나?" 나는 트래픽이 폭발해 버벅대는 대학 사이트들에 들어가 떨리는 손으로 윤주성의 수험 번호를 쳤다. '죄송합니다'로 시작되는 불합격 화면이 이어지다, 마지막 한 대학에서 '축하합니다'라는 메시지가 떴다. 안전 지원을 했던 대구의 한 대학이었다. 나는 곧장 윤주성에게 전화를 해 이 사실을 알렸다. 윤주성은 특유의 쇳소리 섞인 걸걸한 목소리로 욕을 했다. (씨발!) 그리고 웃으며 말했다.

"그럴 줄 알았다!"

한 달 뒤, 나는 간신히 서울에 있는 대학에 합격해 서울로 가는 기차에 탔고 윤주성은 대구에 있는 대학의 신입생 오리엔테이션에 참여하게 되었다.

겉보기에 윤주성은 멀쩡해 보였다. 언제나처럼 걸걸한 목소리로 자주 웃었고, 쾌활하게 학교를 오갔으며, 때문에 크게 낙담한 것 같지 않았으나 나는 윤주성이 매우 절망해 있다는 사실을 어렴풋이 느낄 수 있었다.

그러던 어느 날 윤주성이 내게 충격적인 고백을 해왔다.

"상영이, 내 한국 뜨려고."

스무 살의 낙원

윤주성의 전화를 받았던 때, 나는 중간고사를 마치고 학교 앞 3,500원짜리 안주를 파는 주점 앞에서 알딸딸하게 취해 있었다. 부푼 꿈을 안고 향했던 서울, 대학 생활에 대한 로망은 한 달도 지나지 않아 산산조각이 나버렸고, 낡은 반지하 방에서 바퀴벌레를 룸메이트 삼아 잠들며, 수업도 제대로 듣지 않고 방황하던 때였다.

윤주성의 처지도 나와 크게 다르지 않아 기껏 들어간 대학에서 친구도 제대로 사귀지 못했다. 마음이 맞는 친구가 없으며 원치 않는 전공을 선택한지라 수업도 흥미가 없다며, 몇 번이고 학교를 그만두고 싶다고 말했다(윤주성의 전공은 무려 '동물공학'이었다). 결국 학과에 적응하지 못하고 수업도 자주 빼먹으며 집에서 잠만 자는 날들이 이어졌다. 윤주성은 꼬박 석 달을 그렇게 허비하다 대구에서 4년을 더 버티는 것은 상상할 수 없다는 결론을 내렸다.

"상영이, 내 한국 뜨려고."

그렇게 미국에 가기로 결정했다고, 말했다. 난데없이 미국이라고? 놀란 나는 윤주성에게 물었다.

"부모님은 머라카시는데."

"그냥, 내 하고 싶은 대로 하라카지."

"미국은 너무 멀지 않나……. 그냥 남들처럼 재수하면 안 되나?"

윤주성은 또다시 입시를 할 자신이 없다고 했다. 이미 미국의 한 대학 랭귀지 코스에 합격했으며, 그곳으로 무작정 떠날 것이라고 했다. 윤주성은 충동적이지만 한번 내린 결정은 돌리는 법이 없는 성격이었다. 그의 마음이 이미 확고하다는 것을 나는 알고 있었다.

그때 나는 무슨 생각을 했던가.

일단 섭섭한 마음이 들었다. 내 속을 털어놓을 수 있는 몇 안 되는 친구가 이역만리 타국으로 떠난다는 것. 전화도, 문자도 하기 힘들고(그때는 무려 스마트폰이 탄생하기 전이었다) 한국과 낮밤이 완벽히 바뀐 도시로 떠난다니. 심리적으로 단단히 연결되어 있던 우리의 고리가 느슨하게 풀어지는 것만 같았다. 나는 섭섭한 마음을 숨기고 애써 태연하게 '네 맘이 그렇다면 너의 선택을 지지하겠다'라고 답하고 전화를 끊었다.

아무렇지 않은 표정으로 술자리로 돌아간 나는 이상하게 자꾸만 아래로 가라앉는 기분이 들었다. 바닥이 없는 늪 속으로 점점 빠져들어가는 기분. 자리에 앉아 동기들의 술주정을 들으며 나는 문득 깨달았다.

내가 윤주성을 질투하고 있다는 사실을 말이다.

도망치고 싶었던 것은 나 역시 마찬가지였다. 학과 아이들 사이에서 겉도는 것이나, 원치 않는 공부를 하며 답답함을 느끼는 건 나도 윤주성과 같았으니까.

자아,라는 것이 생기기 시작했을 때부터 나는 '서울'을 꿈꿔왔다. 나는 내가 처한 환경이 싫었다. 부모님과 학교, 나아가 대구라는 보수적이고 고리타분한 도시가 나를 꽉 쥐고 속박하는 것만 같았다. 고향을 떠나기만 하면, 서울로 가기만 하면 이 모든 것으로부터 탈출할 수 있을 거라고 믿었다. 내 삶에 존재하는 모든 문제로부터 도망칠 수 있을 거라고 믿었다. 그래서 '서울'이라는 도시를 지상 낙원으로 상정하고 두 눈을 가린 채 그저 앞으로만 달렸다.

그렇게 도착한 곳이 낙원일 리 없었다. 한 학기라는 시간은 이상의 공간이라고 여겼던 '서울'이 실은 내가 살던 현실을 그대로 옮겨놓은 곳에 불과하다는 것을 깨닫기에 충분했다. 대학 생활 역시 아름답지 않았다. 당시 부쩍 어려워진 가정 형편 탓에 나는 새벽 5시에 일어나 호텔에서 아르바이트를 하고 곧바로 등교를 했으며, 수업이 끝나면 분당이나 평촌, 강남의 아파트 단지에 과외를 하러 갔다. 유럽산 그릇이 장식되어 있고 좋은 향기가 나는 과외 학생의 집에서 나와 쿰쿰한 냄새가 나고 벽지가 울어 있는 나의 반지하 방에 도착하면 밤늦은 시간이었다. 지면보다 낮은 곳에 위치한 반지하 창문을 열면 가로등 불빛이 내 방으로 새어 들어왔다.

성인으로서의 삶, 서울살이는 매일이 생존이고 투쟁이었다. 나는 매일 어떡하면 더 싸게 끼니를 때울 수 있을지 고민했으며, 마을버스 막차를 놓치지 않기 위해 사력을 다해 달렸다. 행여 마을버스를 놓치면 역에서 30분도 넘게 산길을 걸어 산꼭대기 종점 옆에 있는 내 집, 내 방으로 향해야 했으니까.

나는 아르바이트를 하지 않는 친구들이 부러웠다. 수업에 늦을 것 같으면 택시를 타는 친구들을, 날이면 날마다 비싼 술을 마시고 고주망태가 되도록 취할 수 있는 친구들을, 부모님에게 물려받은 차를 몰고 통학하는 친구들을 진심으로 부러워했다.

다니던 대학을 그만두고 홀연히 미국으로 향하겠다는 윤주성의 선언을 듣고서야 나는 비로소 깨달았다. 나와 한 몸처럼 비슷한 것을 바라보고 느끼고 있다고 믿었던 윤주성이 실은 부모님의 차를 물려받고, 수업에 늦으면 택시를 탈 수 있는 부류의 친구였다는 사실을. 윤주성의 미련 없음과 용기가 부러웠다. 그 용기를 가능하게 해주는 환경이, '네가 하고 싶은 대로 하라'고 말해주는 부모님의 조력이 부러웠다.

내게는 하고 싶은 것을 할 수 있게 도와주는 사람 같은 건 없었다. 하고 싶은 것을 가로막는 것들만이 가득했을 뿐이다. 정확히 말하자면 세상 모든 것이 내 앞을 가로막아 한 줄기의 빛도 새어 들지 않는 것만 같았다.

당장에라도 휩쓸려버릴 것 같은 성인의 삶, 세차고 고독한 삶의 물결 앞에서 나를 두 발로 똑바로 설 수 있게 하는 것은 나 자신뿐이었다. 윤주성의 미국행은 내가 이 서울

땅에 홀로 버티고 서 있다는 사실을 더욱 절실히 느끼게 해주었다.

얼마 지나지 않아 나는 컨디션을 핑계로 수업을 빠지기 시작했다. 대학을 다니기 위해 돈을 벌고 고된 서울살이를 하는 것이면서도, 학교 수업을 듣지 않는 모순된 일상을 이어나갔다. 그렇게 고생은 고생대로 하고 실속 없는 한 학기를 보내고 난 후, 나는 자괴감에 사로잡힌 채 내 대학 생활 첫 여름방학을 맞이했다. C와 F가 가득한 성적표를 받아 들었으며, 처음으로 '학사 경고'라는 것을 받게 되었다. 술만 먹고 노는 것 같았던 동기들은 나 몰래 언제 공부를 했는지 그럴듯한 학점을 받아 어떤 전공에 진입해 무슨 고시를 준비할지, 인생의 설계를 차곡차곡 해나가고 있었다. 나는 머리를 한 대 얻어맞은 것만 같은 기분이었다.

내게는 아무런 목표가 없었다.

나는 아무것도 되고 싶지 않았고, 아무것도 원하지 않았고 그저 하루하루가 벅차게만 느껴졌다. 내가 꿈꿨던 삶이 고작 이런 현실이라는 게 절망적이었고, 그래서 매일 끈끈한 자기혐오에 사로잡혔다.

그사이 윤주성은 미국 생활에 꽤 잘 적응하고 있었다. 스카이프로 영상 통화를 걸 때면 윤주성은 언제나 상기된 얼굴로 흥미로운 소식을 들려주었다. 수영장이 딸린 100평짜리 집에 사는 아랍 (부자) 친구의 홈파티에 초대를 받은 일, 독일인 룸메이트와 냉장고 속 '김치'와 '블루치즈'의 냄새를 두고 다툰 일, 카페테리아에서 기름진 양식만 나와 매일 베니건스에 온 것만 같다고 하는 일 등. 그래서인지 화면 너머의 윤주성은 부쩍 살이 올라 있었다.

도망친 곳에 낙원이 없다는 것을 배워놓고서도, 학습 능력이 모자랐던 그때의 나는 윤주성으로 말미암아 어느새 미국을, 뉴욕이라는 도시를 꿈꾸기 시작했다.

그리고 결국 나는 일을 저질러버렸다.

나는 부모님에게 알리지 않고 충동적으로 대학을 그만뒀다. 그리고 아빠가 등록금 내라고 힘들게 마련해주신 돈을 몰래 빼돌렸다. 알바에 과외를 하며 번 쌈짓돈을 모아 미국행 티켓을 샀다. 아무런 대책도 그럴듯한 계획도 없었다. 10대의 내가 서울이라는 낙원을 꿈꾸었듯, 스무 살의 나는 뉴욕이라는 꿈의 도시를 그저 낙원이라고 생각하기로 마음먹었다. 순전히 윤주성만을 믿은 채 말이다.

빛이 고이는 곳

그해 가을, 나는 윤주성이 살고 있다는 브루클린의 하숙집으로 향했다.

그곳은 우리가 흔히 알고 있는 '뉴욕'에서 한참 먼, 지하철 종점 부근의 동네였는데, 한적하다 못해 다소 을씨년스럽게 느껴지는 공간이었다. 그럴듯할 것이라 예상했던 것과는 달리 윤주성이 사는 집은 한눈에 보기에도 낡았고, 툭 치면 다 쓰러져버릴 것 같은 목조 주택이었다. 고3 때보다 살이 더 찐 모습으로 파자마를 입은 채 걸어 나오는 윤주성의 모습을 보며 나는 역시나 낙원은 환상 속에나 존재한다는 사실을 단박에 깨달았다.

우리가 살았던 하숙집은 한인 목사 부부가 운영하는, 참으로 묘한 공간이었다. 윤주성을 따라 무거운 가방을 들고 가는데 계단을 올라가도 올라가도 방이 나오지 않았다.

"야, 니 방 도대체 몇 층인데. 여기 무슨 호그와트가."

"와보면 안다."

숨을 쌕쌕대며 우리가 도착한 곳은 옥탑방. 한쪽 벽면이 사선으로 기울어 있고, 사선으로 된 벽(이자 천장)에 커다란 창문이 있어 여름엔 덥고 겨울엔 춥지만 방값이 파격적으로 싼 공간이라고 했다. 초가을이었음에도 수면 양말에 두꺼운 패딩을 입고 있는 윤주성을 보며 나는 윤주성에게 느꼈던 질투심을 조금은 거둘 수 있었다. 윤주성과 나는 그렇게 룸메이트가 되어 손바닥만 한 옥탑방에 함께 살게 되었다.

아침 7시면 귀청이 터질 것처럼 커다랗게 종소리가 울려 퍼졌다. 조식을 먹으러 오라는 일종의 알림이었다. 눈곱도 떼지 못한 채 1층 식당으로 향하면 하숙집에 거주하는 사람들 모두와 마주할 수 있었다. 그곳에 묵는 학생들은 대부분 인근 대학에 다니는 유학생들이었는데 서로 아무런 교류 없이 적대적인 분위기를 풍기곤 했다. 알고 보니 집이 턱없이 낡은 탓에 방음이 전혀 되지 않아, 필연적으로 서로 갈등을 불러일으킬 수밖에 없는 구조이기 때문이었다. 윤주성과 나는 함께 방에서 두런두런 대화를 나누다 몇 번이고 컬럼비아대학에서 경제학을 전공하는 20대 중반 남성의 경고 어린 방문을 받아야만 했다. 지하층에는 혼잣말을 계속하는 중년의 남성이 기거하고 있었다. 몇 번이고 집을 옮길까 고민했지만 매일 식사가 제공되고, 주변 집들에 비해 파격적으로 싼 곳이라는 장점이 있어 결국 옮기지 못했다.

우리는 브루클린 끝자락에 있는 숙소에서 맨해튼의 학교까지 통학을 했다. 당시 미국 전역에는 리한나의 〈엄브렐라(Umbrella)〉가 흘러나오고 있었으며, 남녀노소 할 것 없이 마주치면 드라마 〈가십걸〉에 대해 이야기했다.

아침마다 정신없이 준비하고 지하철에 자리를 잡으면, 어김없이 물건을 하나씩 빠트리고 나오기 일쑤였다. 특히나 나는 하루에 한 번은 꼭 립밤을 발라야 하는 건조한 피부인데, 립밤이라는 물건은 어찌나 신묘한지 발이 달린 것도 아니면서 필요할 때면 꼭 사라지고는 했다. 그럴 때마다 나는 꾸벅꾸벅 졸고 있는 윤주성의 옆구리를 푹 찌르고 물었다.

"주성이 니 립밤 있나?"

"니 제발 좀 립밤 챙겨 다니면 안 되나."

"어 미안."

주성은 경미하게 짜증을 내면서도 언제나 내게 립밤을 빌려주었고 나는 그런 그가 무척 든든했다. 입술⒧을 빌려주는 친구라니, 거의 혈연이라고 봐도 무방하지 않은가?

짧은 방학 때마다 윤주성은 부지런히 어딘가로 떠났다. 캐나다 국경의 나이아가라 폭포, 학교 친구 재스민의 본가가 있는 웨스트버지니아, 심지어는 피 터지게 싸운 룸메이트의 나라 독일까지……. 그럴 때마다 나는 브루클린의 다락방에 혼자 남아 〈심슨 가족〉이나 〈패밀리 가이〉, 〈윌 앤 그레이스〉 같은 것들을 틀어놓고 방 안에 쟁여놓은 크래커에 누텔라를 발라 야금야금 갉아먹고는 했다. 어느 한적한 주말, 워싱턴 D.C. 관광을 마치고 온 윤주성은 1박 2일 사이 누텔라 두 통이 사라진 것을 보고는 진심으로 놀랐다.

"니 밥 대신 이것만 먹었나?"

나는 담요로 몸을 감싼 채 고개를 끄덕였다.

"살면서 누텔라를 숟가락으로 퍼먹는 사람은 니가 처음이다."

우리는 20대의 첫 크리스마스를 함께 보냈다. 뉴욕의 록펠러 센터 앞 아이스링크가 개장했고, 빌딩 높이만큼 거

대한 크리스마스트리가 설치되었다. 트리는 푸른 색조의 전구가 둘러져 있었으며 자본주의가 뭔지 제대로 보여주겠다는 듯 온갖 휘황찬란한 오너먼트가 달려 있었다. 우리는 돈이 없어 아이스링크에는 들어가지 못하는 대신 인파를 뚫고 들어가 살면서 본 가장 큰 트리 앞에서 캐논 '디지털 카메라'로 사진을 찍었다. 근처에 관광객이 너무 많아 내 얼굴이 어딨는지 분간하기도 힘든 사진이 찍혔다. 우리는 카메라 화면에 뜬 사진을 보며 깔깔대고 웃었다.

없는 살림에도 크리스마스 분위기는 또 내고 싶어서, 집에 오는 길에 (〈섹스 앤 더 시티〉에도 나왔다는) 유명한 케이크 가게에 들러 치즈 케이크와 레드벨벳 컵케이크를 하나씩 사 왔다. 그리고 둘이서 조촐하게 크리스마스 파티를 한 뒤 케이크를 나눠 먹었다. 우리는 누가 먼저랄 것도 없이 말했다.

"한국에서 먹는 거랑 별 차이 없는데?"

곧 새해가 다가왔고 하숙집 앞에 있는 유일한 한국 음식점인 '신포만두' 문 앞에 푯말이 걸렸다.

새해 첫날 만둣국 무료 제공

버스를 타고 가다 그 문구를 발견한 순간, 윤주성과 나의 2008년 첫 끼니가 정해졌다. 만둣국!

공짜 만둣국이나 먹고 TV나 보며 하루를 보내려는 나와는 달리, 그래도 삶의 낭만이라는 것을 챙기고 사는 윤주성이 뜬금없이 새해 첫날, 일출을 보러 가자고 말했다.

"야 니도 참 니다. 정동진도 아니고 어디로 해를 보러 가자는 건데."

윤주성이 자신감 넘치는 목소리로 내게 말했다.

"니 〈이터널 선샤인〉 안 봤나?"

윤주성은 영화 〈이터널 선샤인〉에 나오는 '몬토크'라는 바닷가가 뉴욕주에 있다고, 초롱초롱한 눈빛으로 말했다. 하숙집 근처의 기차역에서 첫차를 타고 딱 한 시간만 가면 된다고, 영화에 나오는 눈 쌓인 낭만적인 바닷가에서 처음 떠오르는 해를 보는 것만큼 의미 있는 일은 없을 거라고 말하는 윤주성의 마음은 이미 몬토크 바다를 헤엄치고 있는 듯했다.

은근히 센티멘털한 구석이 있는 윤주성과 달리 나는 좀 건조한 성격이고, 고백하자면…… 〈이터널 선샤인〉을 그다지 좋아하지 않았다(사실 '로맨스'라는 수식어가 붙은 그 어떤 영화도, 소설도 좋아하지 않았다. 당시의 나는 15년 뒤의 내가

《대도시의 사랑법》이라는 소설집을 내고 로맨스 소설가,라는 꼬리표를 달고 살게 될 줄 꿈에도 몰랐다). 예나 지금이나 귀찮은 건 딱 질색인지라 아침 댓바람부터 부지런히 일어나 해 뜨기 전에 바닷가에 당도해야 하는 고된 스케줄이 달갑지 않았다. 그러나 희망찬 햄스터 같은 윤주성의 표정을 보니 도저히 그 제안을 거부할 수가 없었다.

결국 새해 첫날, 우리는 해가 뜨기도 전에 일어나 기차표를 샀으며, 우리 말고는 승객이 단 한 명도 없는 기차 안에서 대자로 누워 코를 골며 잔 뒤, 몬토크역에서 내렸다. 마법처럼 해변이 눈앞에 펼쳐질 거란 예상과는 달리 몬토크역 근처는 그저 황량한 목초지였고…… 알고 보니 역에서 차로 10분은 더 가야지 해변이 나온다고 했다. 1월 1일, 새해 첫날의 바람은 몹시 찼고 명절의 역 근처에는 택시는커녕 개미 새끼 한 마리도 지나다니지 않았다(거듭 말하지만 스마트폰이 상용화되기 이전의 시대였다. 우버를 부를 수도 없었고 심지어 해안이 어떤 방향에 있는지 가늠조차 할 수 없었다). 나는 특유의 성질머리를 발휘해 윤주성에게 이게 어떻게 된 일이냐고, 빨리 해결책을 내놓으라고 채근했다. 당황하는 윤주성에게 마치 신이 내린 천사처럼 역무원이 다가왔다.

역무원은 이런 상황이 퍽 익숙한 듯 우리를 위해 콜택시 회사에 전화를 걸어주었고, 몇 번의 흥정 끝에 우리는 왕복 콜택시에 탑승하게 되었다.

그렇게 산 넘고 물 건너 힘겹게 닿은 몬토크의 바닷가. 해는 이미 중천에 떠 있었고 눈은 한 톨도 내리지 않았다. 그저 메마른 목초지에 해변이 펼쳐져 있을 따름이었다. 그러나 아연실색할 만큼 파란 바다 앞에서, 세상의 온갖 빛이 다 비추고 있는 것 같은 선명한 빛깔 앞에서 스무 해를 살며 앓아온 모든 시름이 다 씻겨 내려가는 기분을 느꼈다. (그리고 이내 바다에서 불어오는 강풍에 귀가 떨어져 나갈 것 같은 추위를 느꼈다.) 윤주성 역시 나와 마찬가지였는지 이전에 본 적 없던 환희에 찬 표정으로 '좋다'는 말만 계속 반복했다.

우리는 누가 먼저랄 것도 없이 이미 중천에 뜬 해에 대고 소원을 빌었다. 그때 빌었던 소원은 희미해졌지만 그날의 풍경만큼은 십수 년이 지난 지금도 생생하다.

고작 30분이나 됐을까? 추위를 견디지 못한 우리는 결국 올 때 타고 왔던 콜택시를 타고 다시 역으로 향했으며, 역시나 기차에서 실신해 잠들었고, 브루클린으로 돌아와서는 신포만두에 갔다. 마침내 공짜 만둣국을 먹으며 우린

누구보다도 행복해했다.

곤궁하지만 행복했던 시절은 오래가지 않았다.

다음 해 한국의 정권이 교체되었고, 그 유명한 월스트리트발 세계 금융위기가 전 세계를 휩쓸었다. 층간 소음 때문에 자주 우리 방문을 두드렸던 컬럼비아대학 경제학과에 다니던 남자는 대공황에 맞먹을 만큼 세계경제가 휘청일 거라고 우리에게 말했다. 그의 말이 사실이었는지, 1달러당 950원이었던 환율이 1,400원까지 치솟았다. 결국, 나와 윤주성은 강제로 한국에 송환되었다.

이후 윤주성과 나는 미국에서의 일탈을 뒤로한 채 각자 다니던 학교로 돌아가, 삶의 어쩔 수 없음을 받아들이며 묵묵히 수업을 듣게 되었다.

얼마 지나지 않아 윤주성과 연락이 끊겨버렸다. 그의 전화기는 언제나 꺼져 있었으며, 그와 연락이 닿는다는 친구들도 없었다. 괜한 섭섭함에 젖어들 때쯤, 윤주성에게서 연락이 왔다. 눈물이 나도록 반가웠는데 말이 곱게 나가지는 않았다.

"야, 니 돌았나! 그동안 뭐 하고 살았는데!"

"상영이, 내 수의학과 편입했다."

알고 보니 그간 윤주성은 누구에게도 말하지 않고, 독서실에 처박혀 비밀리에 편입 준비를 했다고 했다. 대구를 떠날 수 있는 마지막 기회라는 간절한 목표 의식을 가지고. 윤주성은 전국 팔도의 의·치·한의학과와 더불어 원래 전공인 동물공학과 인접한 수의학과까지 모든 대학의 편입 시험을 쳤고, 여러 번의 고배를 마신 끝에 한 대학의 수의학과에 합격하는 데 성공했다.

합격한 대학은 윤주성이 기존에 다녔던 대학, 그러니까 대구의 한중간에 있는 대학이었다.

윤주성의 말을 듣고 나는 거리가 떠나가라 웃었다. 덕분에 윤주성은 같은 대학에 무려 8년 동안 다니는 호사를 누리게 되었으며, 자동으로 4년 동안 대구에 더 머물게 되었다.

내가 입대하던 날, 유일하게 함께해준 친구도 바로 윤주성이었다.

뭐 대단한 이유가 있어서는 아니고 당시 고향 집 근처에 살고 있는 유일한 친구가 윤주성이었기 때문이다. 입소일, 나는 부모님과 함께 차를 타고 윤주성의 집에 들렀고,

우리 넷은 함께 훈련소로 향했다. (때가 때이니만큼) 무거운 분위기를 깨기 위해 그는 옆에서 재잘재잘 떠들어주었다. 물론 그 와중에도 엄마와 나는 또 박 터지게 싸워 아빠와 윤주성을 괴롭게 했다.

연병장에 서서 인생이 다 끝난 것처럼 걸어가고 있는 내게 손을 흔들어주던 윤주성의 표정을 나는 아직도 기억한다. 고개를 돌리면 언제고 그 자리에 있을 것만 같은 그 장난기 어린 얼굴을 말이다.

후에 윤주성은 웃으며 내게 말했다.

"말도 마라. 니 훈련소 들어가고 나서 집에 오는 길에 내 얼마나 힘들었는지 아나."

"왜?"

"차에 타면서부터 너희 어머니가 너무 우셔서. 진짜 곤란해서 혼났다."

"진짜로? 난 전혀 몰랐는데."

"어, 집에 가는 내내 엄청 우셨다니까. 내 눈 감고 자는 척하느라 죽을 뻔했다."

앞에서는 죽도록 싸워놓고 돌아서서 눈물을 흘리는 게, 지독히 우리 모자다운 일이라 나도 모르게 콧잔등이 시큰해졌다. 그리고 동시에 웃음이 나왔다.

"미안, 주성이. 니 내 모르는 사이에 디게 고생했네."

"진짜 내 고생했지. 근데 또 눈 감고 있다 보니까 진짜 잠들어서 금방 집에 도착하긴 했다."

어디서나 머리만 대면 잠드는 윤주성다운 해결책이었다.

✹

우리는 각자 인생 주기에 맞춰 몇 번 마주치고 가끔은 절망하기도 하며 살아왔다. 윤주성은 대학을 졸업한 뒤 서울과 경기도, 대구 등지의 여러 병원에서 일했고, 우리는 1년에 한두 번씩 만나 시답지 않은 이야기를 주고받았다. 만날 때마다 매번 예열도 없이 바로 전투 수다에 돌입해, 어제 만난 것 같은 사이란 게 어떤 것인지 몸소 증명하고는 했다.

그리고 지금 내 옆에 앉은 윤주성의 얼굴은 그때와 비슷한 듯 조금 다르다. 현실의 30대 중반 윤주성은 그때에 비해 노화가 다소 진행된 모습이고, 결혼을 했으며, 자신을 전혀 닮지 않은 귀여운 아들까지 낳았다. 아마 내 얼굴 역시 뉴욕에서의 스무 살 때와는 아주 많이 달라졌을 것이다.

행사장 앞에 차를 세우자, 건물 외벽에 내 얼굴이 박힌 현수막이 걸려 있는 게 보였다. 윤주성은 "박상영 성공했네!" 외치며 사진을 찍자고 난리를 쳤고, 나는 평소처럼 쑥스럽게 서서 (그러나 갖은 포즈를 취하며) 사진을 찍었다. 윤주성은 거듭 미쳤다, 미쳤다를 외치며 내가 작가가 된 게, 그것도 이렇게 전국 팔도를 다니며 강연을 하는 작가가 된 게 몹시 감격스럽다고 했다. 나는 엄동설한에 거리를 나도는 보따리장수나 다름없다고 엄살을 떨었다. 윤주성은 코웃음을 치며 내게 말했다.

"개구리 올챙이 적 생각 못 한다더니……. 상영이 니 예전에 미국 살 때 기억 안 나나."

"갑자기 뭔 소리고."

"우리 몬토크 가서 소원 빌었잖아. 그때 니가 작가 되고 싶다고 했었다."

"진짜? 내가 그랬다고?"

"어. 니가 똑똑히 그렇게 말했어. 내가 쓴 글로 돈을 벌 수 있으면 좋겠다고."

"와 진짜 너무 소박해서 눈물이 다 날라카네."

"그게 왜 소박하노. 대단한 거지. 내 주변에서 꿈을 이룬 사람은 니밖에 없다."

우리 사이에 잠시 침묵이 감돌았다.

떼돈을 버는 것도 아니고, 그저 글을 써서 돈을 벌 수만 있으면 되는 삶.

그것이 스무 살의 내가 간절히 꿈꾸던 삶이었다.

나는 지금 내가 꿈꿔왔던 미래에 당도해 있다는 것을, 윤주성의 말로 인해 새삼 깨닫게 되었다. 설명할 수 없는 감정에 가슴이 울렁였다. 마치 오래전의 내가 오늘의 내게 작고 반짝이는 돌멩이 하나를 던져놓은 그런 기분이었다.

그러거나 말거나 윤주성은 발톱을 깎아줄 고양이들과 중성화를 시킬 강아지들이 수십 마리라며 퇴근 시간이 오기 전에 병원에 들러야 한다고 부지런을 떨기 시작했다. 그리고 떡갈비 중 가장 무거운 한 덩이를 내게 떠안기듯 건네고는, 홀연히 차를 몰고 사라졌다. 나는 고소한 떡갈비 냄새가 스멀스멀 올라오는 봉지를 쥔 채 강연장이 있는 건물로 향했다.

강연까지 시간이 조금 남아, 주변을 서성이며 시간을 보냈다. 강연장은 광주시에서 운영하는 공간이었는데, 역시나 시립 시설답게 건물의 1층 벽면에 대문짝만하게 광주의 역사에 대해 설명해놓은 게시판이 있었다. 아무도 관심을 주지 않는 먼지 쌓인 게시판을 나는 찬찬히 구경했다. 광주는 문화 예술의 중심지이며, 대한민국 최초로 비엔날레를 유치했고, 유네스코 3관왕에 빛나는 역사와 전통이 살아 있는 도시이다……

광주(光州)는 빛이 고이는 마을,이라는 의미다.

빛이 고이는 마을이라. 그 말을 읽는 순간 처음으로 광주라는 도시가 윤주성과 썩 잘 어울린다고 생각했다. 〈이터널 선샤인〉을 좋아하는 사람, 때때로 마른 입술에 촉촉함을 더해주던 사람, 추억의 소중함을 알고 있는 사람. 그래서 잊고 있던 사소한 추억까지 간직해 반짝이는 모습 그대로 상대에게 전해주는 사람. 그러니까 언제나 밝은 빛을 뿜어내는 사람. 윤주성과 내가 보내온 그 찬란한 시절이 낯선 도시에 찰방찰방 고여 있는 것만 같은 기분이 들었다.

2부

가파도 롱 베케이션

슬럼프와 가파도

가파도에서 온 초대장을 받았을 때 나는 심각한 슬럼프에 빠져 있던 중이었다.

2016년, 20대의 말미에 나는 작가로 데뷔했다. 말이 좋아 데뷔지 당시 내게 '글쓰기'라는 일은 돈벌이가 되어주지 못했고, 그 때문에 필연적으로 회사에 다니며 글을 써야만 했다. 그 시기에 방영한 한 오디션 프로그램에서 몇 년 동안 열심히 노래를 부르고 무대를 뛰었지만 돈을 한 푼도 정산받지 못해 죽고 싶었다는 현역 아이돌의 사연을 들으며 나는 진심으로 눈물을 흘렸다. 그때 나는 지독한 불면과 과로에 시달렸으며 매일 5시쯤 일어나 출근하기 전까지 소설을 썼고, 덕분에 꽤 단기간에 책을 두 권이나 낼 수 있었다. 당시 평단과 일부 독자들은 나를 '유머와 페이소스의 작가'로 칭했다. "책을 읽다 소리 내 웃어본 적은 처음이었다"라는 독자평을 보며 나는 진심으로 행복했다. 타인을 웃겨주는 건 나의 숙명이나 다름없었기에.

회사에서 버는 돈보다 작가 생활(과 그에 수반된 여러 대외 활동으)로 버는 돈이 더 많아질 때쯤, 나는 미련 없이 회사를 그만두었다. 만 3년여의 투잡 생활은 나를 훌륭한 고도비만인이자 불면증 환자로 만들었으며, 정신건강의학과에서 장기간의 치료를 받게 만들었다. 이 이야기는 그 뒤 출간된 산문집《오늘 밤은 굶고 자야지》안에 담기게 되었다. 한편으로는 기뻤다. 내가 겪었던 지독히 평범하고 별 볼 일 없는 불행이, 작품으로, 재화로 치환된다는 사실이 몹시 행복했던 것이다. 나는 내가 더 많은 글을 쓰며 더욱 행복하게 살아갈 수 있을 줄 알았다.

그것은 착각에 불과했다.

이후 나는 완벽히 창조력을 잃어버리고 말았다.

태어나서 처음으로 슬럼프에 빠졌다. 아무것도 쓰고 싶지 않았다. 내가 쓰고 싶었고 쓸 수 있는 것은 앞선 세 권의 책에 모두 다 쏟아부은 것만 같았다. 더불어 나는 웃음을 잃었다. 웃음을 잃고 나서야 비로소 깨달았다. 나의 웃음이 진짜 웃겨서 웃는 웃음이 아니라 슬픈 광대가 흘리는 검은 눈물에서 배어 나오는 안간힘이나 다름없었다는 사실을. 내가 쓰는 글이 더 이상 하나도 웃기지 않았고, 누군가를 웃겨주고 싶다는 의지조차 희미해져버린 걸 깨달았다.

'요즘 나 왜 이렇게 안 웃길까.'

간신히 기획 회의를 통과해서 한 달쯤 개그 프로그램에 코너를 올려놓았다가 망한 뒤 순식간에 잊힌 개그맨 같은 고민을 하며 매일 괴로워할 때쯤이었다. 주치의 선생님은 내가 겪는 문제가 흔한 번아웃 증상이니 쉬면 괜찮아질 것이라고 했다.

"네? 쉬라고요? 이미 두 달도 넘게 쉰걸요? 매일 아무것도 안 하고 누워 있는데요?"

"그 정도 쉬는 걸로 해결되는 문제가 아니에요. 휴식에도 질이 있어요. 상영 씨는 지금 교감신경이 과도하게 항진되어 있어요. 야생으로 치면 언제나 맹수에게 쫓기거나 최선을 다해 사냥을 하고 있는 상태인 거죠. 그러니 몸과 마음 모두 쉬는 연습을 해야 해요. 생각을 멈추고 최대한 몸과 마음을 이완하는 작업이 필요합니다."

생각을 멈추라니, 의사 선생님의 말이 마치 모르는 외국어처럼 들렸다. 세상에서 내가 가장 못 하는 게 있다면 생각을 멈추는 일일 거다. 나는 침대에 그저 가만히 누워 있기를 곧잘 하지만 움직이지 않는 동안에도 무언가를 계속 생각한다. 대개는 오늘 저녁, 내일, 모레, 먼 미래에 내가 해야만 하는 일에 대해서, 하다못해 저녁 메뉴라도 고민한다. 그런 내게 생각을 멈추고 완벽하게 휴식하라는 것은 마치 주식투자로 만 원을 100억으로 만들라는 것만큼이나 아득하고 말도 안 되는 과제처럼 느껴졌다.

그럼에도 불구하고 나는 쉬어야 했다. 얼른 생각을 멈추고, 얼른 쉬고, 얼른 마음을 추스르고 빨리 다음 책을 써야만 했다. 다음 책 계약이 밀려 있었고, 연재도 해야 하고, 첫 번째 장편소설도 (매우 유려하고 재미있으며 작품성과 대중성을 고루 갖출 수 있게 잘) 써야만 했다. 그런데 도무지 방법을 알 수 없었다.

그 무렵 현대카드사에서 메일이 한 통 왔다.

자신을 '가파도 아티스트 인 레지던스'의 매니저라고 소개한 J 씨는 나를 제주도 최남단의 '가파도'라는 섬에 위치한 레지던시에 상주 작가로 초청한다고 했다. 김금희 작가가 이미 그곳에서 상주 작가로 생활한 적이 있었고, 가파도가 얼마나 아름다운지, 그곳에서의 생활이 얼마나 평화로운지 전해 들었던지라 반가운 마음부터 앞섰다. 거기다 나는 너무나도 간절히 휴식이 필요한 존재 아니었던가.

제주도에서도 배를 타고 내려가야 하는, 인구 300명이 채 넘지 않는 외딴섬. 오후 4시면 배가 끊기고, 24시간 편의점도, 마땅한 배달 음식도 없고, 노래방도, 밤늦게 운영하는 술집도 없는 그곳만큼 휴식에 적절한 곳이 있을까?

나는 메일에 첨부되어 있는 신청서를 열어 일필휘지로 양식을 채워나가기 시작했다. 그러다 '영어 사용 능력' 란에서 막혀버리고 말았는데, 최상·상·중·하로 나뉜 항목 중 어느 박스에 체크해야 할지 고민이 됐다. 객관적으로 내 영어 실력은 어떠한가. 내 주변의 소설가들은 대개 겸손한 편인데 나는 그냥 최상,이라는 박스에 체크를 해버렸다. 공인 영어 성적 기준이 있는 것도 아니고 그냥 어떻게든 되겠지 뭐, 이런 안일한 마음으로. 넷플릭스를 누구보다도 많이 보니까. 해외여행도 많이 다녔으니까. 대책 없이 최상의 삶을 살고 있다고 여기는 것만이 내가 할 수 있는 전부니까. 희망 체류 기간도 고민하다 가장 긴 6개월 란에 체크했다. 될 수 있는 한 긴 시간 동안 휴식을 취한 뒤, 새로운 작품에 들어가리라. 평생 염원하던 (매우 유려하고 재미있으며 작품성과 대중성을 고루 갖춘) 장편소설을 완성하리라.

이후 보름가량의 기다림 끝에 가파도 레지던시로부터 소식이 날아들었다. 다음 계절부터 레지던시에 기거할 수 있다는 희소식이었다. 그러나 두 달 뒤, 레지던시가 수리 및 보수에 들어가 내년으로 입주 기간이 변경되었다는 소식을 접했다. 아쉬웠지만 그럴 수도 있지 생각했다.

그리고 전염병이 전 세계를 휩쓸었다.

레지던시 입주가 무기한 연기되었다. 가파도에서 충분한 휴식을 누리며 완벽한 장편소설을 쓰겠다는 당초 계획은 물거품으로 돌아갔다. 그러는 사이 유야무야 출판사와 약속했던 소설 주간 연재의 시작 시점이 다가왔고, 나는 완벽한 휴식은커녕 단 하루도 제대로 쉬지 못하고 고장 난 기관차인 채로 장편소설 연재에 들어갔다. 매주 뚝딱뚝딱 어떻게든 분량은 채웠으나 결국 금방 에너지가 소진되었고, 온갖 자괴로 점철된 밤을 보내다 연재를 시작한 지 6개월도 채 지나지 않아 주간 연재를 중단했다.

독자들의 응원과 계약 조건(?)에 의해 피고름을 짜내며 초고를 완성해갈 때쯤, 가파도 레지던시에서 메일이 왔다. 레지던시 공간의 단장이 끝났으며, 올가을부터 가파도에 묵을 수 있게 되었다는 소식이었다. 메일 주소가 현대카드가 아닌, 제주문화재단으로 바뀌어 있었다. 기간도 당초 예정되었던 6개월이 아닌 3개월로 단축되었다고 했다. 그간 공간의 변화뿐만 아니라 사업의 주체도 바뀐 것 같았다. 나는 당연히 가겠다고 했다. 그리고 여름 안에 책을 출간하기 위해 미친 듯이 달렸다. 장편소설을 내고, 모든 홍보 활동을 끝낸 뒤 완벽히 탈진한 상태로 가파도에 들어가리라. 그래서 그 누구보다도 사치스럽고 고요한 휴식을 이룩하고 말리라!

그러나 인생의 다른 모든 계획처럼 출간 일정도 내 뜻대로 되지는 않았다. 늘어난 집필 기간과 출판사의 사정에 의해 출간 일정은 한도 끝도 없이 밀려나버렸다.

＊

2021년 9월 나는 비로소 제주도로 향하는 비행기를 탔다. 15킬로그램 남짓의 커다란 트렁크를 끌며 운진항에 도착했을 때 나는 설레었다. 바닷바람이 시원하게 내 뺨을 감쌌고, 배낭 속 노트북에는 미처 다 마무리하지 못한 2교

교정지가 들어 있었다. 그럼에도 불구하고 모든 게 잘될 것만 같은 기분이었다. 나는 좌우로 요동치는 가파도행 유람선에 몸을 실으며 콧노래를 부르기 시작했다.

그 후 3개월 동안 내 인생에 불어닥칠 온갖 고난과 미스터리한 일들을 전혀 알지 못한 채 말이다.

가파도의 예술가들

운진항에서 출발한 유람선은 10분도 되지 않아 가파도에 도착했다. 유람선을 타는 내내 최백호의 〈가파도〉라는 노래가 흘러나왔다. 노래의 가사는 이러했다.

가파도 가봤어? (못 가봤어.)
청보리밭 보았어? (못 가봤다니까⋯⋯.)

최백호 선생의 목소리는 여느 때처럼 구성지고 절절했으며 노래는 분명히 가파도에 대한 추억을 담고 있었으나, 코러스의 어조가 다소 신경질적으로 들려 웃겼다. "가파도 못 가봤어, 못 가봤다고! 도대체 몇 번을 말해?" 나는 비실 비실 새어 나오는 웃음을 참으며 창밖으로 펼쳐진 푸른 바다를 바라보았다. 바다는 거짓말처럼 고요하게 빛나고 있었고, 이 모든 풍경이 왠지 시트콤의 한 장면 같았다.

선착장에 도착하니 가파도 레지던시 직원분이 마중을 나와 계셨다. 그간 메일로 몇 번 연락을 주고받은 J 매니저님이었다. 그의 인도로 나는 푸른 딱정벌레같이 생긴 전기차에 내 15킬로그램짜리 캐리어를 싣고 올라탔다. 차는 마치 스텔스 기능이 있는 것처럼 아무런 소음도 내지 않은 채 천천히 섬 안쪽으로 미끄러져 들어갔다. 매니저님은 선착장에서 레지던시 건물까지 차로는 3분, 도보로는 20분 정도 걸린다고 말씀해주셨다. 나는 자전거나 킥보드 같은 것이 있으면 금방 오갈 수 있겠다고 가볍게 말했는데, 매니저님은 아주 심각하게 대답했다.

"이곳에서 자전거를 포함한 모든 이동 수단은 주민회의 및 이장님의 허가를 받아야만 이용할 수 있습니다."

"킥보드도요?"

"모든, 이동 수단이요."

선착장 근처의 자전거 대여소가 마을의 주요 사업 수

단이라 모든 바퀴 달린 것들의 반입이 철저히 통제된다고 했다. 나중에 자세히 살펴보니 선착장 부근에 '전기 자전거 사업 반대'를 내건 플래카드도 걸려 있었다. 나는 말로만 듣던 마을 공동체의 폐쇄성이란 이런 것인가, 싶어 뭔가 빠져나갈 수 없는 곳에 발을 들인 것 같은 (1년째 스릴러 소설을 쓰고 고치는 소설가답게 과장된) 두려움에 사로잡혔다.

해안도로는 깨끗하게 잘 포장되어 있었으며 왼쪽으로 새파란 바다와 제주 본섬의 산방산과 한라산까지 보여 그야말로 장관이었다. 탁 트인 바다 풍경을 바라보고 걷는다면 킥보드까지도 필요 없고, 개미가 기어가는 속도로 걸어 다녀도 하나도 답답하지 않을 것만 같았다. 여름 더위가 채 가시지 않은 9월의 뜨거운 뙤약볕이 오른쪽 귀와 어깨에 내리꽂혀도 시원한 바닷바람이 불어 청량하게만 느껴졌다.

가파도 레지던시에 도착했을 때 나는 건축물의 아름다움에 비명을 질렀다. 바닷가의 절벽을 깊게 파서 지어 올린 레지던시 건물은 (서울에 있는 다수의 힙플레이스가 그러하듯) 시멘트 외장에 콘크리트 마감이 드러난 모습을 하고 있었으며, 그 위로 굴뚝 모양의 높다란 전망대가 있었다. 해안가에 인접한 탓에 커다란 등대 같아 보이기도 했다. 회색

조의 돌 절벽과 건축물이 너무나도 잘 어우러져 실로 놀라웠다. 미술관과 사무실, 내가 지낼 레지던시 건물은 전망대 아래쪽 지하에 위치해 있었다. 계단을 내려가 건물을 올려다보면 태어나서 처음 보는 특이한 구조가 눈앞에 펼쳐졌다. 마치 지하 벙커나 잠수함에 들어온 것 같았다(물론 그런 곳에 들어가본 적은 없다). 사면이 유리로 이루어져 마치 미술관의 전시 공간 같은 공용 주방과 라운지를 지나 작가들이 사용하는 스튜디오와 방에 도착했다.

내 방인 '룸 D'의 문을 열고 방 안에 들어가보니 과연 비즈니스호텔이나 에어비앤비처럼 단출하고 깔끔했다. 나는 목재로 된 옷장에 내 옷가지를 차곡차곡 개어 넣었다. 책상 위에는 노트북 거치대와 노트북을 올려놓았다. 목 디스크가 심해 서울에서 챙겨 온 높이가 낮은 애착 베개까지 침대 위에 올려놓고 나니 정말 '내 방' 같은 느낌이 들었다. 외출복도 벗지 않은 채 벌렁 드러누웠는데, 방 안에서 페인트 냄새가 경미하게 느껴졌다. 블라인드 줄이며, 화장실 바닥재에도 새로 칠한 흰색 페인트가 조금 묻어 있었다. 리모델링을 한 후 새 단장을 했다는 메일 속 문구가 문득 떠올랐다. 이상했다. 분명 건물이 세워진 지 5년도 되지 않았다고 들었는데 벌써 리모델링을 했다고? 아무리 새것을 사랑하는 한국인이라지만 너무 이르지 않은가 싶었다.

곧이어 직원인 고 대리님이 레지던시 공간 투어를 위해 내 방에 찾아오셨다. 레지던시 내부에는 현재 총 다섯 명의 작가가 상주하고 있으며, 제주문화재단 미래기획팀 소속 직원분들이 가파도 레지던시 내부에 있는 사무실에 출퇴근하며 운영을 돕고 있다고 설명해주셨다. 상주 직원은 매니저님과 대리님, 큐레이터님 총 세 분이었다. 나는 고 대리님께 조심스럽게 리모델링의 자초지종(?)을 여쭈었다. 아직 새 건물인데 리모델링을 하기에는 너무 이른 것 아니냐고. 대리님은 웃으며 대답했다.

"여기가 해풍이 심해서 건물이 엄청 빨리 낡아요."

평생 제주에서 살아온데다 제주문화재단에 취직까지 한 제주 토박이 고 대리님에게는 별로 놀라운 일이 아닌 듯 했다. 대리님을 따라 라운지 근처로 가보니 과연 전망대의 난간이며, 회백색으로 칠해진 철제문은 4년 차 건물로 느껴지지 않을 만큼 꽤 많이 부식되어 있었다. 해풍이라는 것, 염분이라는 것의 무서움을 처음으로 알게 되었다. 자연과 벗하며 자연에 어우러진 양식으로 지어진 건물이지만 결국에는 자연에 의해 빠르게 부식될 수밖에 없는 그런 운명. 생각해보면 우리의 몸에도 일정 이상의 나트륨이 존재

하고 결국에는 인간의 손이 닿는 자연은 일정 부분 훼손될 수밖에 없으며, 심지어 인간의 삶은 서로가 서로를 부서뜨리는 과정이 아닐까 하는, 과장된 생각에까지 도달해버렸다.

공간 투어를 마치고 라운지에 도착하자, 레지던시의 상주 작가님들과 매니저님, 큐레이터님까지 모두 커다란 스크린 앞에 모여 계셨다. 상주 작가 중 내가 마지막으로 입주하게 되어 오늘에서야 오리엔테이션을 하게 되었다고 했다. 나는 꽤 송구한 마음이 들었지만 여느 때처럼 누구보다도 당당하고 발랄한 걸음으로 빈 소파에 앉았다. 소파에 옹기종기 모여 앉은 작가들이 스크린에 피피티를 띄워가며 자기소개를 시작했다.

다섯 명의 작가는 공통점을 찾기 힘들 정도로 다채롭게 선정되었다.

룸 A에 머무는 줄리아는 프랑스인인데 멕시코시티에서 살고 있다고 했다. 시각 예술가인 그의 작품은 주로 살거나 스쳐 지나온 지역에 놓인 물건들(이를테면 돌이나 비닐, 신문지 같은 일상적인 오브제)에 새로운 의미를 부여하는 방식으로 구성되어 있었다. 사물과 기억의 매개는 소설가로서 내가 깊은 관심을 갖는 주제였기에 그의 작품이 의미심장하게 다가왔다.

내 옆방인 룸 C에 기거하는 미디어 아티스트 유비호 작가는 사진과 영상 작업을 겸한 작품 활동을 주로 해온 유명 작가였다. 실은 이미 나도 국립현대미술관에서 작가님의 작품을 본 적이 있었다. 어마어마한 작품의 스케일과 이력이 주는 중압감에 사로잡혀 있는데, 막상 내 옆에 앉은 유비호 작가님을 보니 진한 쌍꺼풀진 눈에 웃음기가 가득했다. 게다가 멋들어진 회색 수염을 기르신 작가님에게 나는 같은 수염인(?)으로서 일방적인 내적 친밀감이 차올랐다. 나는 또 반상회장 같은 성격을 감추지 못하고 옆에 계신 유비호 작가님에게 저 작품은 어디서 찍으신 것인지, 독일에서의 전시는 어떠셨는지 등의 온갖 질문 공세를 펼쳤다.

그다음으로 룸 E에 살게 된 한스는 미국 필라델피아 출신 건축가이며, 뉴욕의 쿠퍼 유니언과 프린스턴대학에서 건축을 전공한 후 현재 MIT에서 건축을 가르치고 있다고 했다. 그의 프레젠테이션 자료 속에는 마치 스팀 게임에서 볼 법한, 아기자기한 던전 같은 구조물이 가득했고, 나는 그의 세련된 작품과 학력(?)이 주는 무게에 짓눌려 스멀스멀 과거의 열등감이 되살아나는 것을 느꼈다.

스무 살 때, 뉴욕에 체류할 당시 나는 쿠퍼 유니언(을 비롯한 예술학교에 다니는) 학생들에게 묘한 열등감을 느끼고 있었다. 그들은 (나처럼) 가난해도 결코 주눅 들지 않고 그들만의 특별한 라이프스타일을 뽐내며, 굿윌에서 산 거적때기 같은 구제 재킷과 구멍 난 닥터마틴도 빈티지 스타일로 승화할 수 있는 존재들이었다. 그들이 다니는 카페와 바, 클럽도 어딘가 모르게 '힙'해 보였고 (당시 '핵폭탄'과 '김정일'이라는 키워드로만 잘 알려진 나라에서 온) 동양인 남자였던 나는 그들을 남몰래 동경했다.

　마지막으로 룸 B에 살게 된 김연수 작가님과는 나름 각별한 인연이 있었다. 그는 내 인생 첫 인터뷰였다. 대학 시절, 학과 생활에 잘 적응하지 못한 나는 교지 편집부에 들어가 학생 기자가 되었는데, 당시 교지에는 학교를 빛낸 동문을 인터뷰하는 코너가 있었다. 그때 이미 작가를 꿈꾸고 있던 나는 우리 학교를 대표하는 문인이자 당시 서점가를 휩쓸었던 화제작 《세계의 끝 여자친구》를 발간하신 김연수 작가님께 인터뷰를 요청했다. 그리고 작가님은 그 바쁜 일정 중에도 후배인 나의 섭외 요청을 받아주셨다.

　홍대의 한 카페에서 진행된 인터뷰 내내 김연수 작가님은 내 눈을 지그시 바라보고 내 얘기를 들어주셨으며, 누구보다도 성심성의껏 인터뷰 질문에 답해주셨다. 태어나서 처음으로 '어른'이 나의 말을 경청해준 경험이었다. 그 경험으로 인해 소설가가 되고 싶다는 꿈을 더욱 확고히 굳히게 되었다. 김연수 작가님과의 인터뷰 기사는 훗날 포트폴리오로 쓰여, 나를 기자의 세계로 이끌어주기도 했다. (그곳이 지옥의 문턱임을 알지 못한 채…….)

상주 작가들의 자기소개가 모두 끝난 후, 제주문화재단 이사장님과 팀장님, 스태프분들의 환영 인사가 이어졌다. 이들 사이에서 3개월간 살게 되었다는 사실에 마치 나 역시 대단한 예술가가 된 것 같은 기분에 사로잡혔다. 뿌듯한 마음을 한가득 품은 채로 방으로 돌아왔다. (나답지 않게) 청소기로 바닥을 한번 쓴 뒤, (한없이 나답게) 침대에 누웠다. 15킬로그램의 짐을 끌고 서울의 집에서 김포공항, 제주공항을 거쳐 유람선을 타고 가파도까지 오는 여정이 만만치 않았는지 온몸이 무거웠다. 세수를 하고 자야 할 텐데 생각하는 순간, 절로 잠이 쏟아졌다. 오랜만에 꿈 없이 잔 깊은 잠이었다.

가파도 아침 풍경

눈을 떴을 때 나는 믿을 수 없는 광경을 목격했다.

내 침대 주변에 무려 세 마리나 되는 그리마(흔히 '돈벌레'라는 이름으로 불리는 다리가 많은 그 벌레)가 배를 뒤집은 채 죽어 있었다. 핸드폰을 들어 시간을 확인해보니 새벽 5시 반. 막 동이 트기 시작했고, 살짝 열어놓은 창문 틈으로 고요한 파도 소리가 울려 퍼졌다. 지독히 평화롭고 아름다운 풍경과 마치 폭탄을 떨어뜨린 듯 곳곳에 죽어 있는 벌레의 사체들이 도저히 매치가 되지 않아 나는 경미한 공황에 사로잡혔다. 그리고 이내 정신을 차리고 자리에서 일어나 휴지를 집어 들고 빠른 속도로 사체들을 수거했다. 화장실로 가는 길, 귀퉁이에 웅크리고 있던 그리마 한 마리가 책상 아래로 달려가기 시작했고, 나는 들고 있던 휴지로 잽싸게 그것을 눌러 죽였다. 도합 네 마리의 그리마 사체를 변기에 버리고 물을 내리며 나는 살육자가 된 듯한 처참한 기분에 사로잡혔다. 살면서 이토록 짧은 순간에 이토록 많은 주검을 처리한 것은 처음이었다.

도대체 이곳에서 무슨 일이 벌어지고 있는 걸까, 하는 두려움도 잠시, 나는 이내 다시 가파도의 파도 소리와 따뜻한 햇살이 주는 평화로움에 빠져들었다. 매일 밤 틀어놨던 ASMR과는 비교도 할 수 없을 정도로 생생하면서도 평온한 파도 소리가 나의 모든 감각기관을 파고들었다. 창문을 활짝 여니 9월임에도 더운 바닷바람이 옆구리에 감돌았다. 나는 잠옷으로 입고 있던 민소매 티와 반바지만을 걸친 채 레지던시 밖으로 나섰다.

섬 외곽의 둘레길을 따라 찬찬히 걸었다. 파도에 번지는 윤슬이 눈부셨고, 하늘은 '파랗다'라는 말로는 표현하기 힘들 만큼 새파래서 누군가 실수로 물감을 쏟아놓고 도망간 것 같았다. 아름답다는 말로는 충분치 못한 비현실적으로 아름다운 풍경이 내 앞에 계속 펼쳐졌다. 나는 내 언어가, 어휘력이 부족하다는 것에 좌절했다. 핸드폰을 들어 가슴 벅차게 아름다운 광경을 남기려 했지만, 사진에는 내가 느끼는 환희의 10퍼센트도 담기지 않았다. 결국 촬영을 포기한 채 그저 기억 속에 아름다운 장면을 남기기 위해 노력했다. 몇 걸음 지나지 않아 멀리 언덕배기에 유비호 작가님이 서 계신 게 보였다. 사진 작업을 주로 하시는 작가님답게 삼각대 위에 DSLR 카메라를 세워놓고 있었다. 나는 손을 흔들며 작가님께 여쭈었다.

"작가님 뭐 찍으세요?"

"하늘이랑 구름이요. 여기 구름의 모양이 정말 다채로워요."

과연 작가님의 말씀을 듣고 보니 정말로 구름의 모양도 뭍에서 봤던 것과는 사뭇 다른 느낌이었다. 레이어가 여러 겹 덧씌워진 듯했다. 작가님이 내게 물었다.

"상영 씨, 안 추워요?"

민소매에 반바지 차림인 걸 보고 하시는 말 같았다. 나는 웃으며 대답했다.

"저 너무 더워요."

"젊음이 좋네요."

나는 손을 휘휘 저은 뒤 다시 둘레길을 따라 걷기 시

작했다. 확실히 적도 부근(?)이라 그런지 햇빛의 농도가 육지와는 달랐다. 초 단위로 어깨며 얼굴이 타들어가는 것 같았고 나는 눈이 부셔 찡그린 채로 앞을 향해 걸었다. 얼마 뒤 해가 완전히 중천에 떴다. 겨드랑이에 땀이 차지 않게 만세 자세를 하며 당당히 앞으로 걸었다. 그러다 길가에 누군가 붉은색 스프레이로 커다랗게 글씨를 적어놓은 게 보였다.

방풍나물 채취 금지

도대체 얼마나 귀한 나물이기에 도로 한가운데에 이토록 대문짝만하게 위협적인 문구를 써놓은 것일까. 계속 그 글자를 보다 보니 방풍나물이 뭔지도 모르는 나조차 왠지 방풍나물을 몰래 뜯어가야 할 것 같은 충동에 사로잡힐 지경이었다.

✳

나는 빠른 속도로 가파도의 생활에 젖어들어갔다. 섬의 생활은 단조롭고도 다채로웠다. 서울에 있을 때는 새벽

서너 시까지 넷플릭스를 붙잡고 있던 내가, 밤 10시만 돼도 눈이 감겼다(물론 이전부터 복용해온 수면제와 우울증약의 도움이 있기는 했다. 그러나 서울에서는 약을 먹고도 밤새 눈이 말똥말똥했던 것을 생각하면 괄목할 만한 변화였다). 새벽 5시만 되면 절로 눈이 떠졌다. 동이 트는 것을 보며 해변을 산책했고, 방으로 돌아와 소설 《1차원이 되고 싶어》의 원고를 고쳤다. 뒷목이 뻐근해질 때쯤 고개를 들면 어김없이 아침 식사를 할 시간이었고, 나는 슬리퍼를 신은 채 미적미적 라운지의 주방으로 향했다.

라운지의 냉장고 안이며 찬장의 칸에는 상주 작가들의 이름이 적힌 견출지가 붙어 있었다. 내가 맨 마지막에 섬에 들어온 탓인지 나를 제외한 모두가 자신의 칸에 식재료를 가득 채워놓은 상태였다. 특히 인상적이었던 것은 프랑스 작가 줄리아의 식료품 칸이었는데 브로콜리부터 시작해 쌀과 빵, 온갖 종류의 파스타면, 당근, 버섯과 마늘, 버터와 치즈, 김과 참치에, 굴 소스와 페페론치노, 올리브를 포함한 온갖 향신료까지, 전 세계를 총망라한 식재료들이 가득했다. 김연수 작가님과 유비호 작가님의 경우도 만만치 않아서 달걀과 육수 거리, 잔치 국수 면과 파, 마늘, 애호박, 온갖 종류의 라면과 맥주까지 거의 전쟁 식량을 방불케 할 만큼 만반의 준비를 하고 오신 것 같았다. 내 경우는 오리엔테이션 때 지급받은 파스타 면과 소스, 컵라면과 즉석밥, 참치 통조림과 샐러드 한 봉지가 전부였다. J 매니저님에 따르면 일주일에 한 번씩 모두가 모여 서귀포에 위치한 마트로 가서 장을 본다고 했다. 하는 수 없이 나는 가지고 있는 식재료들과 공용 양념 및 향신료들을 활용해 삼시 세끼 모두 파스타를 해 먹을 수밖에 없었다.

커다란 솥에 면을 삶고 프라이팬에 정신없이 야채를 볶다 보면 누군가 부엌으로 들어왔다. 그럴 때면 나는 내가 반바지와 민소매 티셔츠만을 걸치고 있다는 것을 상기했다. 뭍이었으면 타인 앞에서 불경하게 나의 겨드랑이를 드러내는 짓 따위는 할 수 없었겠으나 여기는 가파도 아닌가. 제주 본섬에서 10분이나 배를 타고 내려와야 하는 한반도 최남단의 섬, 이곳의 천혜 자연은 내 맨 겨드랑이 정도야 가볍게 품어줄 수 있지 않을까? 뭐 이런 얼토당토않은 마음으로 고급 중국집의 주방장이라도 된 것처럼 자신감 있게 웍 질을 했다. 그리고 지구상 어디에도 존재하지 않는 기상천외한 파스타를 만들어 혼자서 게걸스럽게 먹어치웠다.

나를 제외한 대부분의 작가들은 아침을 간단히 먹는 듯했다. 대개 아침 시간에 가장 먼저 부엌을 찾는 사람은 줄리아였다. 줄리아는 언제나 (네덜란드 특산품처럼 생겼으나 실제로 어디서 만들어졌는지는 알 수 없는) 굽 높은 나막신을 신고 다녔는데, 나무 굽이 바닥을 칠 때마다 들리는 소리가 너무 경쾌하고 우아해 마치 오케스트라의 타악기 소리처럼 느껴졌다. 그는 언제나 정성 들여 커피를 내린 후, 빵한 조각을 구워다가 천천히 음미하며 먹고는 했다. 나는 그런 줄리아를 보며 "지독히 프랑스인의 아침 식사 같다"라고 말해주었고 줄리아는 웃으며 "너는 지독히 밀레니얼 세대답게 입고 있네"라고 응수하고는 했다. 전 세계에서 가장 비만 인구가 적은 도시로 알려진 파리 출신인 줄리아와 언더아머 민소매 티셔츠에 챔피언 농구 반바지를 입고 있는 나. 우리는 서로를 너무나도 정확하게 평가하고 있었고, 나는 그런 우리의 농담 섞인 아침 인사가 좋았다.

곧이어 부엌을 찾은 김연수 작가님이 커피를 내리기 시작했다. 김연수 작가님은 언제나 체크무늬 셔츠에 통이 큰 바지 차림을 하고, 추운 듯 움츠린 자세로 커피를 내려 드시고 공용 밥솥 가득 밥을 지으셨다. 작가님은 자신 몫의 밥을 퍼 담으며 무심하게 내게 말했다.

"상영도 햇반 돌려 먹지 말고 밥솥의 밥 먹어. 같이 먹으려고 많이 해놨어."

내가 감사하다는 말을 하기도 전에 줄리아와 수다를 떨기 시작한 작가님. 나는 설거지를 하기 위해 고무장갑을 끼고 싱크대 앞에 섰다. 그리고 김연수 작가님이 내 그릇까지 깨끗이 설거지를 해놓으신 걸 발견하고는 감동해버리고 말았다. 누군가 내 몫의 밥을 지어주고 설거지를 해준 게 도대체 얼마 만의 일인가.

나는 자랑을 하기 위해 김연수 작가님의 팬인 친구에게 문자를 보냈다.

—나 김연수 쌤이 밥해주시고 설거지도 해주셨다?

—대박. 완전 부럽다ㅜㅜ 연수 쌤 아니고 아빠네. 아빠.

김연수 작가님은 자신도 모르는 사이 서른다섯 살 비만 남성의 아버지로 임명된 것을 알고 계실까.

줄리아와 김연수 작가님의 대화를 옆에서 훔쳐 들어보니 며칠 전 있었다는 홍수 얘기였다. 내가 입주하기 바로 전, 가파도에 내린 폭우로 연수 작가님과 줄리아의 방에 홍수가 났다고 했다. 하필이면 주말인지라 스태프들도 모두 자리를 비우고 없었고 두 사람이 방 안에 고인 물을 퍼 나르느라 몹시 고생을 한 듯했다. 생각해보니 우리가 살고 있는 건물은 양면이 통유리창으로 되어 있고 지면과 방바닥이 일자로 맞닿아 있어 더위나 추위, 폭우나 폭설에 약할 수밖에 없는 구조였다. 스태프들이 돌아와 제습기를 설치해준 덕분에 지금은 물기 하나 없이 보송보송하다며 행복하게 웃는 둘의 미소를 보며, 이분들 참으로 대책 없이 긍정적인 사람들이구나 하는 생각을 했다. 둘은 라운지를 떠났고, 나는 줄리아와 연수 작가님이 포트에 남겨놓은 커피를 마시며 커다란 소파에 누워 혼자서 콧노래를 불렀다.

"바람 부는 제주에는 돌도 많지만 인정 많고 마음씨 고운 예술가도 많지요."

그렇게 라운지에서 혜은이의 〈감수광〉을 개사해 부르고 있는데, 느지막이 한스가 라운지를 찾았다. 그는 마치 첩보 요원이라도 된 것처럼 민첩하게 달걀 프라이를 만들고 그것과 치즈를 빵 사이에 꽂아 넣고 샌드위치를 만들어 먹었다. 채소라고는 한 점도 찾아볼 수 없는, 철저히 탄수화물과 단백질, 지방으로 점철된 아침 식사였다. 나는 건축가인 한스에게 혹시 줄리아와 연수가 겪은 홍수에 대해서 들었냐고 물었다. 한스는 섬에 도착하자마자 가장 먼저 들은 소식이 바로 그것이라고 했다. 자신이 입주했을 때에는 이미 비가 그친 뒤여서 "노 프로블럼"이었다며, 특유의 뚝딱이는 로봇 같은 표정으로 말했다. 나는 한스에게 좋은 하루를 보내라고 말한 뒤, 다시 감수광 감수광, 노래를 부르며 내 방으로 향했다.

　해는 벌써 중천에 떠 있었고 지하에 지어진 레지던시 건물에는 그늘이 드리워지기 시작했다. 나는 짧게 낮잠을 자기로 마음먹었다. 자고 일어나 곧바로 나머지 원고를 고치리라 다짐하며.

건축학의 역습

가파도에 와서 나는 풍경 사진을 찍는 습관이 생겼다. 매일 아침 동이 트는 아침의 섬 풍경이 너무 아름다워서, 막 피기 시작한 코스모스 꽃밭과 파도의 장관이 너무 절경이라, 도저히 그 아름다움을 기록하지 않고서는 배길 수가 없었기 때문이다. 서울에 있을 때의 내가 바깥 풍경에 전혀 관심이 없고 언제나 핸드폰 화면만 들여다보고 사는 사람이었던 걸 떠올려보면 놀라운 변화였다.

그날도 나는 이른 아침 산책을 마치고 돌아와 레지던시 건물을 보며 감동에 젖어 있었다. 천장의 구조물 사이로 비치는 햇살과 자갈이 깔린 정원에 그림자가 드리워진 모습이 마치 한 폭의 그림 같아 핸드폰을 들어 연신 사진을 찍어댔다. 레지던시의 전경을 찍은 사진 중 한 장을 인스타그램에 올렸다.

스토리에 사진이 업로드되기 무섭게 D에게서 다이렉트 메시지가 왔다. 건축학과를 나와 건축 회사에 다니는 D와는 몹시 오랜만에 연락이 닿은 거였다.

—너 가파도 레지던시 갔어?

—헐, 어떻게 알았어?

—이거 우리 교수님이 설계한 건물이잖아. 나 대학 때 여기 답사 갔었어.

위치 태그도 하지 않고, 건물의 전경도 아닌 복도에서 찍은 스냅사진 한 장을 올렸을 뿐인데 어디에 위치한 무슨 건축물인지 알아맞히다니. 과연 건축학도는 다르다고 생각하며 친구가 말한 교수님의 이름을 검색해보았다. 친구의 모교에 출강한 적이 있는 그분은 세계 유수의 건축상을 수상한 건축가였다. 원래도 아름다웠던 건물이 더욱 특별하게 느껴지기 시작했다.

그저 아름다운 줄로만 알았던 건축물의 역습이 시작된 것은 태풍이 불어올 무렵이었다.

아침 산책 때 구름의 밀도며 파도의 높이가 심상치 않았다. 거센 바람이 뺨을 때리는 것 같은 느낌이었다. 방에 들어와 일기 예보를 확인해보니 필리핀 연안에서 막 발생한 태풍이 한국을 향해 북상하고 있다고 했다.

서울에 살 때도 초가을쯤 곧잘 태풍의 영향권에 들기는 했지만, 저 멀리 필리핀에서 막 생성된 태풍이 내 삶에 영향을 줄 일은 별로 없었다. 가파도에 살기 시작했을 때 J 매니저님이 섬 생활의 질을 좌우하는 가장 결정적인 요소가 기후라며, 특히 태풍이 오면 며칠이고 배가 끊기곤 한다고 말씀하셨던 게 떠올랐다. 나는 가파도 단체 채팅방에 날씨가 심상치 않다고 올렸다. 매니저님은 아직까지 바람이 심한 편은 아니라고 했다. 그리고 우리에게 전국의 풍량을 시간 단위로 체크할 수 있는 앱을 알려주셨다. 재단 직원들이 계속해서 태풍의 추이를 보고 있고, 만약에 배가 뜨지 못할 상황이 오게 되면, 그 전에 작가분들을 섬에서 대피시켜 서귀포로 인도할 것이니 안심하라는 말도 덧붙이셨다.

—네? 대피……요?

그런 말을 듣고도 안심할 수 있을 리가요……라는 생각이 들기는 했지만, 가파도 전문가의 말을 믿고 따르는 수밖에 없었다.

그날 밤 나는 샤워를 마친 후 개운한 기분으로 책상 앞에 앉았다. 이따금 울리는 풀벌레 소리와 창틈으로 불어오는 바람 소리가 내 귀를 감쌌다. 고요한 마음으로 자기 전까지 교정지를 볼 생각이었다. 그런데 순간 뒷골에 싸늘한 기분이 느껴졌다. 방구석에서 뭔가 꿈틀댄 것 같았다. 나는 자리에서 일어나 천천히 방구석으로 다가갔다. 그리고 보았다. 거의 내 손바닥만 한 몸길이의 지네가 벽 귀퉁이에 웅크리고 있는 것을. 전래동화에서 나올 법한 거대한 지네는 붉은색의 다리가 마디마다 촘촘히 달려 있고 아주 단단해 보이는 껍데기를 뒤집어쓰고 있어 벌레라기보다는 차라리 견고한 형태의 건축물이나 당장이라도 내게 달려들어 목덜미를 물어뜯을 준비를 하는 맹수에 가까워 보였다. 일순 지네의 꿈틀대던 다리와 더듬이가 멈췄다. 내 기색을 눈치챈 것 같았다. 위기 상황에서 다리 끝까지 시냅스가 연결돼 IQ가 140이 넘어간다는 벌레가 지네였던가 바퀴였던가. 아무튼 지네는 내 예상보다 훨씬 더 눈치가 빠른 고등 생명체임이 분명했다. 나는 눈앞의 지네를 어떻게 처치해야 할지 고민하다, 반사적으로 내 발치에 놓여 있던 빨간색 마사지 볼을 들어 지네의 몸 한중간을 가격했다. 지네는 죽지 않았고 오히려 빠르게 내 쪽으로 기어 오기 시작했다. 나는 비명을 지르며 손에 쥔 공으로 지네를 여러 번 꾹 내리눌렀다. 엄청난 속도로 꿈틀대던 몸과 다리, 더듬이의 움직임을 보며 나는 온몸에 소름이 돋는 것을 느꼈다. 억겁과도 같은 시간이 지나고 난 후 비로소 지네가 몸을 축 늘어뜨렸다. 나는 겹겹의 휴지를 손에 쥐고 지네의 사체를 들어 올렸다. 지네의 묵직한 무게감이 손끝에 전달돼 숨을 참고 화장실로 달려갔다. 휴지 뭉치를 변기 속에 집어넣고 곧장 물을 내렸으며, 손등이 벗겨지도록 열심히 손을 씻었다.

나는 피부에 남겨진 살육의 감각에 몸서리치며 밤새 잠을 설쳤다.

다음 날, 문화재단 스태프들과 상주 작가들이 모두 모여 대화를 나누는 라운드 테이블이 열렸다. 가파도 생활을 간단하게 브리핑하고 난 후 나는 웃으며 말했다.

"제 방에 벌레가 왜 이렇게 많이 나오는지 모르겠어요. 밤마다 그리마를 몇 마리씩 잡아요. 심지어 어제는 손바닥 길이보다 더 길쭉한 벌레까지 나와서 잡느라 죽을 뻔했다니까요."

나는 '지네'를 영어로 어떻게 말해야 할지 몰라 그저

'길쭉한 벌레'라고 표현했다. 그런데 갑자기 줄리아가 자신의 핸드폰으로 동영상을 틀어 내게 보여주었다.

"이거 말하는 거야, 상영?"

벽에 붙은 지네가 붉은 다리를 현란하게 움직이며 기어가고 있는 영상이었다. 나는 단말마의 비명을 지르며 이것이 맞다고, 설마 줄리아의 방에서도 이 벌레가 나왔느냐고 물었다. 줄리아는 고개를 끄덕이며 이 생명체의 움직임이 너무 아름다워 동영상으로 찍어놓았다고 했다. 지네라는 생명체에 아름다움이라는 단어를 붙일 수 있다니, 아무리 (멕시코시티에서 자연주의 작업을 전개해나가고 있는) 시각 예술가라지만 도저히 이해할 수 없었다. 김연수 작가님과 한스도 차분한 표정으로 영상을 돌려보았다. 한스가 내게 말했다.

"아, 센티피드(Centipede)를 말하는 거였군!"

한스는 자신의 손에 있는 붉은 자국을 보여주었다. 며칠 전 자신의 방에서 나온 지네에게 손을 물렸다고 말했다. 나는 몹시 놀라 그에게 물었다.

"설마 침대에서 자다가 물린 거야?"

"아니. 바닥에 벗어놨던 반바지를 입으려고 손을 넣는 순간 물렸어."

"안 아팠어? 지네에 독 있다던데."

"아팠지. 반나절 정도? 심하진 않았어."

"지네는 어떻게 했어?"

"종이로 들어서 정원에 풀어줬어."

손을 물리는 고충을 겪었음에도 순순히 방생까지 해주다니. 나는 줄리아와 한스에게 지네를 풀어주는 것은 말도 되지 않는다고 외쳤다. 옆에 계신 김연수 작가님 역시 특유의 조용하고 다정한 목소리로 말씀하셨다.

"그렇지만 상영아, 지네의 붉은 다리가 너무 아름답지 않니?"

김연수 작가님 역시 자신의 스튜디오에서 몇 번 지네를 본 적이 있으며 그때마다 마당에 풀어주었다고 했다. 심지어 며칠 전에는 스튜디오에서 작업을 하다 다리 한쪽을 물리기까지 했다고 태연자약하게 말씀하셨다.

"괜찮으셨어요?"

"물린 데가 너무 아파서 잠이 다 안 오더라고. 타이레놀 먹고 냉동실에 얼음이 있길래 그걸로 얼음찜질하고 간신히 잠들었어."

"지네는 잡으셨고요?"

"싱크대 밑으로 도망가서 못 잡았지. 그래서 이제 스튜디오 안 쓰려고. 물건들도 다 내 방으로 옮겼어."

그러고 보니 얼마 전부터 김연수 작가님의 스튜디오에 설치돼 있던 노트북이며 프린터, 아이패드가 모두 사라져버린 게 떠올랐다. 그 모든 게 지네 때문이었다니. 아니, 그것보다도 그 지네를 살려둔 채 순순히 스튜디오를 비워주었다니. 나였으면 아마도 목숨 건 피의 숙청을 단행했을 게 뻔했다.

지네의 붉은 다리를 보며 아름다움을 떠올리고, 한쪽 손과 다리를 내어주고도 순순히 풀밭에 방생해주고야 마는 마음. 나는 아름다움에 경도된 예술가들의 감정을 도무지 이해할 수 없어졌고, 그래서 입을 다물었다. 내가 하도 질린 표정을 하고 있으니, 줄리아와 김연수 작가님이 앞으로 지네를 발견하면 모두 상영의 방으로 보내야겠다고 놀리듯 말했다. 나는 아주 경건하고 단호한 어조로, 이곳에서 지네와 그리마의 씨를 모두 말려버리겠다고 선언했다. 얘기를 듣고 있던 매니저님께서는 멋쩍은 웃음을 지으며, 지네와 그리마 때문에 방제 업체를 몇 번 불렀으나 너무 외진 섬이라 서비스를 하지 않는다는 대답을 들었다고 했다. 나는 매니저님께 물었다.

"지은 지 얼마 되지도 않은 건물에 왜 이렇게 벌레가

많을까요?"

"아무래도 바닷가 근처라 습하고, 땅을 파서 만든 건물이라 그런 것 같아요."

그리고 매니저님께서는 이곳 바닷가 근처에 이런 형태의 건물이 지어진 연유에 대해 설명하기 시작했다.

아주 오래전 이곳은 한 리조트 업체에서 호텔을 짓기 위해 매입한 부지였다. 실제로 호텔의 준공 적합성 평가를 거쳐 착공 단계까지 들어갔다고 했다. 그러나 경제난으로 인해 해당 리조트 회사가 도산한 뒤 쭉 빈 땅으로 남아 있다가 몇 해 전, 제주도청에서 이 땅을 인수해 제주문화재단과 현대카드사와 함께 미술관을 겸한 아티스트 레지던시 사업을 구체화하기 시작했다. 디자인이며 서비스 자문을 담당했던 현대카드가 작년에 철수하고 난 후로는 제주문화재단에서 레지던시 사업을 도맡아 하고 있다. 더불어 이 건물의 경우 건축가가 바닷가의 풍경과 잘 어우러지면서도 절벽이라는 지반의 특수성을 반영해 지금과 같은 반지하의 형태로 설계했다고 한다.

건축학적으로 우수하다는 말을 듣자 괜히 잘 알지도 못하는 건축학에 대한 원망의 마음이 불쑥 솟구쳤다. 그래서 나와 가장 가까운 곳에 존재하는 건축가, 한스에게 물었다.

"한스, 건축학적으로 이 건물에 대해 어떻게 생각해?"

한스는 한 치의 망설임도 없이 답했다.

"매우 아름답지."

"그렇다면 거주자로서는?"

"흐음……."

한스는 한숨을 쉬며 어딘가 작위적인 미소만 지을 뿐 아무런 대답도 하지 않았다. 그의 미소 속에 해답이 있는 것 같았다.

하기야 건축이 무슨 죄가 있겠는가. 이토록 아름다운 건물을 지은 건축가에게 죄가 있을 리 없고, 그리마도 붉은 다리 지네도 그저 생존을 위해 부지런히 움직이고 있을 뿐 별다른 죄가 없었다. 죄가 있다면 그들이 사는 길목에 자리를 차지한 채 눈치 없이 살고 있는 우리에게 있을 터였다. 그 죄의 대가로 김연수 작가님과 한스는 지독한 지네 독에 시달려야 했으며, 나는 아름다움과 평화에 천착한 예술가들을 대신해 사력을 다해 벌레들을 잡아야만 하는 운명에 처했다. 옆에 앉아 있던 고 대리님께서 붉은 다리 지네의 경우 의외로 에프킬라가 잘 먹힌다며, 창고에서 가져다 쓰면 된다고 말해주셨지만 큰 위안이 되지는 않았다.

나는 내 방에 돌아오자마자 캐리어에서 길쭉한 거치용 전자 모기채를 꺼냈다. 그 이름도 찬란한 '모스칼리버⟨PPL을 기다리고 있다⟩'. 모기가 많을까 봐 챙겨 온 물건이었는데, 이렇게 사용하게 될 줄은 몰랐다. 이후로 나는 매일 모스칼리버를 거치대에 올려놓은 채, 불 꺼진 방에서 파작, 하는 파열음을 자장가 삼아 잠들었다.

✻ 이후 김연수 작가님은 제주도에서 카페를 경영하고 있는 (절친) 문태준 시인님의 도움으로 지네를 막는 데 특효약인 '백반'을 얻어 오셨고, 자신의 방과 침대에 백반으로 된 지네 결계를 쳐놓은 후 편히 잠들 수 있었다고 한다.

울려라, 긍정 메들리

대학 친구들이 제주에 온다고 했다.

조하나와 김종미, M은 나와 동갑이며 교지 편집부에서 만났다. 우리는 대학 내 보수적인 선후배 문화에 지쳐 있었고 문화예술 분야에 관심이 많고 글쓰기를 사랑한다는 공통점으로 편집부에 들어와 순식간에 가까워졌다. 게다가 김종미를 제외한 나머지 셋은 같은 학과이기까지 해서 수업도 함께 들었다. 또한 우리는 학기 중에 알바를 하고, 원고를 쓰며 모은 돈으로 방학 때 함께 홍콩이며 유럽, 제주 등 다양한 곳으로 여행을 떠나기도 했다. 대학을 졸업하고 각자 삶이 바빠 함께 여행을 가지 못했는데 이번에 내가 가파도에서 지내게 된 것을 핑계로 제주도와 가파도를 포함한 3박 4일 여행을 하자고 의견을 모았다. 마침 가파도의 단조로운 삶에 익숙해지고 있던 터라 나는 친구들의 방문이 몹시 반가웠다.

여행은 계획형 인간 조하나의 주도로 진행되었다. 하나는 특유의 계획적이고 꼼꼼한 성격 덕분에 우리 중에서 가장 먼저 취직과 결혼을 하고 벌써 두 아이의 엄마가 되었다. 회사에 육아에 눈코 뜰 새 없이 바쁜데도 불구하고 남편과 모종의 거래(?)를 통해 나흘의 휴가를 만들어낸 후, 곧장 우리 모두의 비행기표를 예약했다. 또한 여행 정보 앱을 총동원해 후기가 좋은 펜션까지 찾아주었다. 나는 나를 보겠다고 머나먼 가파도까지 와주는 (실은 자기들이 더 신난) 친구들을 위해 나흘 동안 타고 다닐 렌터카를 예약했다. 그렇게 일사천리로 일이 진행되는 듯했으나, 인생은 언제나처럼 우리를 아름답고 편하게 여행하도록 놔두지 않았다.

그 무렵 잦아들던 코로나 확진자 수가 널뛰기 시작했다. 매주 거리두기 정책이 바뀌었고, 시도별로 각기 다른 기준이 적용되었다. 우리는 매일 '제주 숙소 인원 제한'이나 '제주도 식당 인원'과 같은 단어를 검색해야만 했다. 여행이 시작되기 일주일 전, 예약을 해놓은 펜션 사장님으로부터 제주도의 거리 두기 규정상 방 하나당 투숙객을 2인으로 제한해야 한다고 연락을 받았다. 결국 우리는 추가로 방 하나를 더 예약해야만 했다. 엎친 데 덮친 격으로 중국 연안에 머물던 태풍 '찬투'가 (사람이 걷는 속도보다 느린 시속 4킬로미터 속도로) 아주 천천히 한국으로 북상하기 시작해, 우리의 여행이 시작될 때쯤 제주도에 도착한다는 예보가 나왔다. 우리는 비행기가 뜰 수 있을지 두려움에 사로잡혔다 (특히 회사에 휴가를 4일이나 내고 아이들까지 친정에 맡겨놓기로 계획한 조하나의 불안도가 가장 높았다).

친구들이 오기로 한 날 사흘 전 가파도 레지던시에 기거하는 모든 사람에게 대피 명령이 내려졌다. 매니저님은 향후 일주일가량 유람선이 뜨지 않을 예정이니 내일 아침 9시에 모두 짐을 싸서 선착장으로 나오라고 안내 문자를 보내왔다.

문자를 받았을 때, 나는 서울국제도서전 참석차 서울에 올라와 있었으며, 네이버 라이브 방송으로 도서전의 리미티드 에디션 10종 도서를 팔고 있었다. 열 권이나 되는 (남의) 책을 소개하느라 목에 피가 날 지경이었다. 생방송이 끝나자마자 나는 급하게 J 매니저님께 문자를 보냈다. 마감이 임박한 장편소설 교정지와 신작 에세이가 담긴 노트북이 가파도의 내 방에 있었기 때문이다.

—매니저님, 정말 죄송한데 내일 아침 섬에서 나오실 때 제 방 책상에 있는 노트북을 구출해와주실 수 있을까요. ㅠㅠ

—그럼요, 걱정 마세요.

그제야 안심한 나는 초주검이 된 상태로 서울의 내 집으로 향했다. 얼굴의 분장과 머리에 바른 왁스도 씻어내지 못한 채 쓰러져 잠들었다.

다음 날 일어났을 때 컨디션이 심상치 않았다. 열은 나지 않았지만 목이 쉬었고, 눈이 빠질 것처럼 아팠다. 그럼에도 불구하고 나는 다시 제주로 향해야 했다. 내 밥줄이자, 자아실현의 수단이자, 이제는 거의 나 자신이나 다름없게 된 책을, 원고를 마쳐야만 했으니까. 또한 며칠만 더 있으면 내 친구들도 제주도에 올 것이기 때문에. 나는 빛의 속도로 샤워를 하고 10킬로그램 정도 되는 미니 캐리어를 끌고 김포공항으로 향했다. 비행기에 타자마자 곯아떨어졌고, 서귀포의 숙소로 향하는 공항버스에서도 계속 잠을 잤다. 호텔 객실에 도착했을 때 나는 깜짝 놀랐다. J매니저님께서 노트북도 모자라 노트북을 받치고 있던 거치대와 (세면도구와 수면제가 담긴) 파우치까지 챙겨 와주셨던 것이다. 책상 위에 놓인 그의 마음 씀씀이를 보며 깊이 감동했다.

바람이 세차게 불어와 비가 가로로 내리기 시작했다. 친구들에게 제주도의 기상 상황이 좋지 않다고 문자를 보냈다. 조하나는 쿠팡에서 우비를 주문했다. 우천 시 여행을 위한 필수품이라고 했다. 그녀는 자신의 불안을 준비성으로 극복해내는 능력이 탁월했다. 나는 온몸이 쑤시기 시작해, 조하나의 집으로 마사지 볼 하나를 주문해놓을 테니(지네를 죽이는 데 사용한 마사지 볼을 더 이상 만질 수 없었기 때문이다), 그걸 제주도에 가지고 와줄 수 있냐고 물었고 아이들은 노인네 같은 소리를 한다며 웃었다.

다음 날 나는 무언가 깨지는 소리에 잠에서 깨어났다. 바람이 창문을 치고 가는 소리였다. 창밖으로 야자수처럼 생긴 가로수가 휘어질 정도로 거센 바람이 불고 있었다. 커다란 박스가 나뭇잎처럼 거리를 떠다녔다. 바람의 상태만큼이나 내 몸 상태도 심상치 않았다. 자갈을 삼킨 것처럼 목이 까끌거렸고 이마와 손바닥에서 미열이 느껴졌다. 몸을 일으키자 온몸이 두들겨 맞은 것처럼 아팠다. 다행히 기침은 나지 않았다. 일단 비상용 진통제와 해열제를 먹은 나는 가장 먼저 임박한 마감을 떠올렸다. 정신없이 에세이를 써서 송고하니 정오가 넘은 시간이었다. 배는 하나도 고프지 않았고 다만 목이 타들어가는 것 같았다. 두통도 더욱 심해져 있었다. 혹시 내가 코로나에 걸린 걸지도 모른다는 생각에 두려움이 엄습했다. 어제 수만 명이 다녀간 행사장에서 라이브 방송을 했는데. 심지어 사람들이 북적이는 김포공항도 들렀으며, 만석인 비행기도 탔고⋯⋯. 어떡하면 좋지?

나는 잘 움직여지지 않는 몸을 일으켜 인근의 선별진료소를 검색했다. 다행히 버스로 5분 정도 되는 거리에 큰 보건소가 하나 있었다. 캐리어에 둘둘 뭉쳐져 있는 티셔츠와 바지를 꺼내 입는데 손이 뜻대로 잘 움직이지 않았다. 샌들을 신은 채 바깥으로 나섰다. 호텔 바로 앞에 정류장이 있었는데 지도 앱을 켜봐도 운행 정보가 뜨지 않았다. 표지판에 버스 배차 간격이 45분이라고 적혀 있었다. 5분쯤 버스를 기다리다 참지 못하고 보건소 방향으로 걷기 시작했다. 지도 앱에 따르면 도보로 20분 정도 걸린다고 했다. 발가락 끝에 추를 매달아놓은 것처럼 몸이 무거웠다. 바람이 세차게 불어 내 몸을 뒤로 밀쳤다. 평소였으면 땀을 줄줄 흘렸을 만한 습도였음에도 몸이 으슬으슬 추웠다. 걸을 때마다 균형이 잘 맞지 않아 지면이 좌우로 흔들리는 것 같았다. 머리가 울리는 통증을 느끼며 정말 간신히 보건소에 닿았다. 컨테이너로 된 선별진료소 앞에는 사람이 한 명도 없었기에 나는 곧장 안으로 들어갈 수 있었다.

방호복을 입은 간호사들이 아크릴 벽 너머에서 얇은 면봉을 꺼내 들었다. 나는 그렇게 태어나서 처음으로 PCR 검사를 받게 되었다. 검사를 받아본 사람들 말에 따르면 뇌까지 뚫리는 기분이라고 하던데, 나는 아무런 통증도 느껴지지 않았다. 검사를 마치고 나는 간호사분께 혹시 보건소에서 몸살감기약을 타갈 수 있냐고 여쭈었다.

"내일 검사 결과 나오기 전까지는 보건소 안으로 못 들어가세요. 다른 병원에서도 진료받으면 안 되시고요."

즉, 내일까지 꼼짝없이 앓아야 한다는 의미였다. 다리에 힘이 풀리는 것 같아 선반에 몸을 기댔다.

"문 손잡이 말고 다른 데 짚으시면 안 돼요. 댁으로 돌아가실 때도 대중교통 이용하지 마시고요."

지독히 합리적 프로토콜인 그 말이 괜히 야속하게 느껴졌다. 나는 대학 친구들의 단체 창에 몸살 기운이 너무 심해 PCR 검사를 받았으며 일단 내일은 여행을 함께할 수 없을 것 같다고 말했다. 아이들은 자기들끼리 놀고 있으면 된다고, 일단 몸조리를 잘하라고 나를 안심시켰다. 다시 호텔을 향해 천천히 걸음을 옮겼다. 객실에 도착하자마자 갖고 있던 진통제를 모두 목구멍에 털어 넣고 이불을 덮고 누웠다. 그리고 얕은 잠에 빠져들었다. 드문드문 깰 때마다 온몸이 땀에 젖은 게 느껴졌다. 씻고 싶었지만 일어날 기력조차 없었다.

잠에서 깨어나보니 시간은 오전 10시였다. 밤새 땀을 흘리며 앓은 덕분인지 열은 내려 있었고, 깨질 것 같은 두통도 많이 가셨다. 나는 몸을 일으켜 호텔 냉장고에 있던 생수 두 병을 한꺼번에 들이켰다. 뜨거웠던 목구멍이 시원하게 식는 기분이었다. 핸드폰을 들어 확인해보니 친구들은 막 비행기에서 내려 렌터카를 인수해 서귀포를 향해 달려오고 있다고 했다. 아이들이 선글라스를 낀 채 웃으며 손을 흔드는 사진이 단체 창에 올라와 있었다. 그때 서귀포 보건소에서 문자가 왔다.

—박상영 님, PCR 테스트 결과 음성입니다.

나는 안도의 한숨을 내쉬며 아이들에게 검사 결과를 알려주었다. 편도염과 후두염은 무리를 하거나 컨디션이 안 좋을 때 발병하는 나의 고질병 중 하나인데, 한동안 잠잠

하다가 요 며칠 서울과 제주를 오가는 무리한 일정 때문에 도진 것 같았다. 창문을 열어보니 바람이 훨씬 약해져 있었는데 대신 미스트 같은 빗방울이 떨어지고 있었다. 단체 창에 조하나가 올려놓은 스케줄에 따르면 첫날 오후는 오름과 바닷가를 유람하는 코스였다(오름? 나는 단 한 걸음도 중력을 거슬러 오르고 싶지 않았다). 몸 상태가 어떻냐고, 같이 여행을 할 수 있겠냐고 묻는 아이들의 말에 나는 일단 오늘까지 쉬어보고 합류 여부를 결정하겠다고 했다. 이틀 동안 아무것도 먹지 못해 배가 고팠다. 호텔 1층의 카페로 갔다. 제주문화재단에서 미리 구매해주신 바우처로 샌드위치를 사 먹는데 목이 너무 따가웠다. 샌드위치를 삼킬 때마다 절로 미간에 주름이 갔다. 차가운 아이스커피로 따가운 목을 달래는데(그렇다. 나는 그 유명한 '얼죽아'다) 담당 편집자님께 문자가 왔다.

　—작가님, 교정지 언제쯤 입고 가능할까요. ㅜㅜ

　언제나 상대방의 감정을 우선시하고 지독히 조심스러운 그가 눈물 이모티콘까지 썼다는 것은, 이제 정말 데드라인이라는 의미였다. 나는 반쯤 남은 커피잔을 들고 다시 객실로 올라가, 미친 듯이 교정지를 보기 시작했다.

　《1차원이 되고 싶어》최종교 수정을 마치고, 송고했을

땐 오후 5시경이었다. 마침 친구들에게서 전화가 왔다. 친구들은 이미 해변과 오름을 다녀온 뒤 내가 묵는 호텔 근처까지 왔다며 생각이 있으면 같이 밥을 먹으러 가자고 했다.

"뭐 먹으러 갈 건데."

"돼지고기. 오겹살 먹게."

불과 몇 시간 전까지 가득했던 몸살기는 어디 가고 돼지고기, 네 글자를 듣는 순간 나는 갑자기 머리가 맑아지는 기분이 들었다. 창문을 열어보니 비가 그쳐 있었다. 나는 잠시 고민하다 친구들에게 마지못해 말했다.

"밥 정도는 같이 먹을 수 있을 것 같은데?"

친구들은 그럴 줄 알았다며 이미 호텔 주차장에 차를 세워놓았으니 얼른 내려오라고 했다. 나는 자리에서 일어나 반바지와 후드 집업을 챙겨 입었다. 무거웠던 어깨가 한결 가벼워진 기분이었다. 엘리베이터를 타고 주차장으로 내려갔다. 친구들이 창문을 내린 채 나를 향해 손을 흔들고 있었다. 스무 살 때부터 봐왔던, 내가 잘 아는 그 얼굴들이었다. 대책 없이 긍정적이면서도 언제나 나를 응원해주던 친구들의 얼굴을 보며 나는 차에 탔다.

운전석에는 김종미가 앉아 있었다. 그는 조수석에 앉은 내 얼굴을 보자마자 화들짝 놀라며 말했다.

"상영아, 너 눈썹 무슨 일이야? 하나로 이어졌어."

"그 정도야?"

"어, 진짜 못 봐주겠어. 바야바 같아. 이따 숙소 가면 눈썹 정리부터 하자."

"넌 여행 올 때도 눈썹 칼을 갖고 다녀?"

"당연하지. 눈썹 칼이랑 족집게랑 다 갖고 있어."

뒷좌석에 앉아 있던 조하나가 나에게 말했다.

"너 얘네가 얼마나 웃기는지 아니?"

김종미와 M은 긍정적이기로 둘째가라면 서러운 인간들이다. 아침에 함께 비행기를 탈 때부터 "비행기가 결항되지 않고 무사히 갈 수 있으니 얼마나 다행"이냐며 시작된 긍정 메들리는 온종일 계속됐다. 비바람이 몰아치는 제주 공항에 도착하니 "비가 와서 덥지 않고 좋지 않냐", "차가운 에어컨 바람을 쐬는 대신 창문을 열고 달릴 수 있으니 얼마나 다행이냐" 등의 무한 긍정의 말이 끊임없이 이어졌다고 한다. 이후 해변에 위치한 카페에 들어가 커피를 마시는데, 창 너머로 바람 때문에 쓰러질 것 같은 야자수를 보면서도 "이렇게 심하게 태풍이 부는데 우리는 실내에서 커피를 마실 수 있어서 얼마나 다행이냐"고 앞선 말들과 논리적으로 맞지 않는 '다행이다' 시리즈를 읊어대는 통에 조하나는 어이가 없어 웃을 수밖에 없었다고 했다. 아무리 힘겨운 상황에서도 겨자씨만 한 행복이라도 찾아내는 것이 김종미와 M의 특기였다. 김종미와 M의 무한 긍정은 다소 대책 없는 측면이 있는 반면에 조하나와 나는 지독한 현실파에 가까웠다. 우리 넷의 관계가 10년 동안 별 탈 없이 지속될 수 있었던 것은 어쩌면 이런 밸런스 때문이 아닐까.

날씨와 넷플릭스는
예측대로 되지 않는다

우리가 모두 모여 처음으로 향한 곳은 서귀포의 유명 돼지고깃집이었다. 음식점 외벽이 모두 개방형 통창으로 되어 있었고, 비가 그쳐 양쪽을 완전히 열어놔 내부 공기가 무척 상쾌했다. 나는 친구들에게 여전히 목이 아파 죽겠다고 바로 편도선을 확인해봐야겠다고 말했다. 아이들의 도움으로 음식이 나오기 전에 나의 염증 검사식이 시작됐다. 핸드폰 두 개를 동원해 핸드폰 하나로 플래시를 켠 뒤 내 목구멍 속을 비추고 다른 하나로 내 편도선의 근접 사진을 찍었다. 목구멍의 상태는 처참했다. 족히 20개는 넘는 염증들이 하얗게 곪은 채 마치 수성의 크레이터처럼 편도선에 점점이 박혀 있었다. 친구들은 내 목의 염증 사진을 돌려보며 몸서리쳤다. 그리고 역시나 유리 체력 박상영답다는 말을 해주었다.

대학 시절부터 나의 유리 체력은 유명했다. 다 똑같은 밥(학식)을 먹고, 같은 수업을 듣고 같은 환경에서 살았음에도, 40몇 킬로그램(이었던) 그들보다 두 배가 넘는 질량을 가진 내가 훨씬 더 자주, 깊게 아프고는 했다. 잠자리가 바뀌어도 코를 골며 잘만 자고, 며칠 밤을 새워도 거뜬했던 아이들은 언제나 이런 나를 한심하게 여겼다. 김종미는 쥐똥만 한 스트레스에도 곧잘 아프며, 짜증을 내는 나를 두고 박징징이라는 별명을 지어준 바 있다.

아이들에게 낮에 여행한 사진을 보여달라고 하자, 해변에서 바람에 쓸려나가기 직전의 사진 몇 장을 보여주었다. 예상과는 달리 우비를 입은 것은 조하나 혼자였는데, 김종미와 M은 생각보다 빗줄기가 굵지 않았을뿐더러 '파란 우비가 마치 지오디 팬클럽 같아서' 입는 것을 거부했다고 했다(실제로 조하나는 팬지오디 출신이며 지금까지 윤계상의 열혈 팬이기도 하다). 조하나는 군말 없이 우비를 입었던 자신의 자녀들을 떠올리며, 단지 색과 디자인이 마음에 들지 않는다는 이유로 우비를 집어 던지고 기꺼이 비 맞는 것을 선택한 김종미와 M의 육아 난이도(?)가 더 높다고 내게 토로했다.

그러거나 말거나 굉장한 두께의 돼지고기가 곧 우리의 테이블에 나왔고, 우리는 군침을 흘리며 고기가 익는 것을 지켜보았다. 핏기가 가시기 무섭게 고기를 집어 먹었는데 유리 조각을 삼킨 것처럼 목구멍이 따가웠다. 나는 고통을 딛고 계속 고기를 삼켰다. 배가 부를 때까지. 친구들이 찍은 사진 속, 불판 앞의 내 모습은 미간에 잔뜩 주름을 잡은 채 입안에 고기쌈을 잔뜩 욱여넣고 있어 탐욕스러운 두꺼비처럼 보였다.

식사를 마친 후 우리는 곧장 숙소로 향했다. 아이들은 아침부터 여러 코스를 돌아다니느라 지친 것 같았다. 나는 가는 길에 내 호텔 방에 내려달라고 부탁했다. 또 급격히 컨디션이 안 좋아질 것 같아 아무래도 아침에 병원에 들러야 할 것 같다고 말했다. 김종미는 어차피 방 두 개라서 편하게 잘 수 있는데 뭐 하러 혼자 자냐고 아침에 곧장 병원에 데려다줄 테니 같은 펜션에서 밤새워 놀자고 했다. 다른 아이들도 옆에서 간호를 해주겠다고 난리였다. 간호? 더 악화되지나 않으면 다행이지. 기운이 성성한 친구들과의 만

남에 조금 지쳐버린 나는 아기는 애착 베개를 호텔 방에 두고 왔다고, 그것이 없으면 잘 수 없다고 둘러댔다. 더군다나 내일 입을 옷도 없다고 말했다. 김종미는 말없이 차를 몰더니 내 호텔 앞에 차를 세웠다. 그러고 말했다.

"얼른 베개랑 옷 갖고 와."

나는 객실로 올라가 트렁크를 열었다. 남은 티셔츠가 없었다. 가파도에 이토록 오랫동안 들어갈 수 없을 거라고 예상치 못해 옷을 많이 챙겨 오지 않은 탓이었다. 하는 수 없이 나는 내 베개만을 들고 내려와 다시 차에 탔다. 조하나는 베개를 안고 있는 나에게 애착 인형 없이는 아무 데도 가지 않는 다섯 살짜리 자신의 딸과 다를 바 없다고 놀렸다. 나는 목 디스크 환자에게 낮고 단단한 베개는 생존을 위한 필수품이라고 항변했다.

펜션에 도착하자마자 조하나는 나에게 서울에서부터 가져온 마사지 볼을 챙겨주었다. 나는 유레카를 외치며 바로 방바닥에 드러누워 마사지 볼로 어깨와 등 근육을 조지기 시작했다. M은 그런 내 꼴이 마치 약수터에서 소나무에 등을 두드리는 노인 같다며 핸드폰을 들어 동영상을 찍었다(영상은 가관이었다). 우리는 방에 둘러앉아 드라마 〈슬기로운 의사생활〉을 틀어놓은 채, 두런두런 얘기를 나누기 시작했다. 마침 산모가 등장하는 에피소드였고, 나는 문득 7년 전 조하나의 출산 때가 떠올랐다.

조하나의 첫 딸인 연희는 예정일을 한참 지나 세상에 나왔다. 출산 날짜가 다 되어도 애가 나올 기미조차 보이지 않자 하나는 결국 병원에 입원을 하게 되었다. 하루, 이틀, 닷새가 지난 후에도 출산 소식은 들려오지 않았고, 당시 우리 카톡 창의 아침 인사는 "하나야, 아기 나왔니?"였다. 결국 하나는 길고 지난한 기다림 끝에 유도분만을 통해서 아이를 낳게 되었다(조하나의 표현에 따르면 배 속에서 나오기 싫어하는 아이를 억지로 끄집어냈다고 했다).

조하나 덕분에 나는 태어나서 처음으로 (어쩌면 마지막으로) 산후조리원에 가게 되었다. 산후조리원에 들어서자마자 공기가 너무 더워서, 또 너무 깨끗하고 조용해서 놀랐던 기억이 있다. 유리 벽 너머로 본 연희는 빨갛고 쪼글쪼글했다. 분홍색 조리원복을 입은 채 아이가 남편의 눈을 닮은 것 같다고 고민하는 하나에게는 우리와 비슷한 나이였음에도 우리와는 조금 다른 어른스러움이랄까, 책임감 같은 게 깃들어 있는 것만 같았다.

연희는 내가 처음으로 안아본 아기이자, 단둘이서 30분

이상 지내본 유일한 아기이기도 했다. 연희를 낳은 지 1년 정도 지난 후, 조하나의 동네에 들른 나는 하나와 근처의 H백화점에서 만났다. 파란색 미니 원피스를 입고 있는 조하나는 대학 때와 전혀 다를 바 없었으나, 아기 띠를 찬 채 연희를 안고 있었다. 그게 못내 어색했다. 백화점 1층에서 엘리베이터를 기다리고 있는데 옆자리에 서 있던 중년 여성이 하나와 연희를 번갈아 보더니 말했다.

"어머나, 엄마가 어쩜 이렇게 젊고 예뻐? 애가 애를 낳았네."

정작 그 말을 들은 조하나는 별로 신경 쓰지 않는 기색이었는데 나는 묘한 기분에 사로잡혔다. 그 말이 정확히 내가 느끼는 감정과도 맞닿아 있기 때문이었을 것이다. 고작 20대 후반에 불과한 내 동기 조하나가 엄마가 되어 자신이 아닌 다른 생명체를 책임지고 있다는 사실이 비로소 실감 났다. 조하나는 유아 휴게실 앞에서 유아차 한 대를 빌렸다. 하나의 말에 따르면 H백화점에서 대여해주는 유아차가 가장 좋다고 했다(나는 백화점에서 유아차도 빌려준다는 것, 심지어는 백화점별로 유아차의 퀄리티에 차이가 있다는 사실을 그날 처음 알았다).

조하나는 꾸벅꾸벅 졸고 있는 연희를 유아차에 눕히

며 지난 1년 반 동안 한 번도 혼자 쇼핑을 해본 적이 없다
고 한숨을 쉬었다. 주말이면 명동이며 강남에 놀러 나가고,
학교 앞을 걸으면서도 옷 가게나 액세서리 가게를 예사로
지나치는 법이 없는 조하나였는데. 그 말에 괜히 찡한 기분
이 든 나는 (겁도 없이) 연희는 내가 봐줄 테니까 얼른 백화
점을 한 바퀴 돌아보고 오라고 했다. 조하나는 몇 번이고
괜찮다고 고사하다, 결국 몹시 기쁜 얼굴로 나의 제안을 수
락했다. 혹시 연희가 깨거나 칭얼거리면 자신에게 전화를
하라고 말한 뒤 빛의 속도로 유아 휴게실 밖으로 달려 나
갔다.

　　제 엄마가 사라진 지 5분도 채 지나지 않아 연희는 번
쩍 눈을 떴다. 그리고 나를 신기한 듯한 표정으로 보더니
방긋방긋 웃었다. 나는 연희를 들어 내 다리 위에 올려놓
고 아이와 놀아주기 시작했다. 둥가둥가 입으로 소리를 내
며 연희를 안고 휴게실을 걸어 다녔다. 그때 나는 아기의
체온이 몹시 높으며, 정수리에서 뽀얀 냄새가 난다는 (너무
나도 당연한) 사실을 처음 알게 되었다. 연희가 칭얼거릴 때
쯤 조하나가 쇼핑백 몇 개를 들고 돌아왔다.

　　나는 〈슬기로운 의사생활〉을 보며 조하나에게 연희를
낳느라 일주일 동안 고생했던 얘기와 함께 백화점에 갔던

일, 둘째를 낳고 난 후 면역력이 떨어져 병원 신세를 졌던 얘기까지 주절주절 늘어놓았다. 조하나는 마치 남의 얘기를 듣는 것처럼 "맞다, 그때 그랬었지. 넌 진짜 기억력도 좋다"라고 무심하게 답했다. 나 같았으면 평생 우려먹었을 정도로 힘겨운 일이었음에도 아무렇지 않게 '그땐 그랬지' 하고 넘겨버리는 게 참으로 조하나답다는 생각이 들었다.

결혼을 100일 앞둔 예비 신부 김종미는 고민이 많은 것 같았다. 예식장과 드레스, 함께 살게 될 주거지의 위치나 인테리어, 가치관의 차이 같은 것들로 예비 신랑과 크고 작은 갈등을 겪고 있다고 했다. 일찍이 결혼해 벌써 5년 차와 7년 차 부부가 된 조하나와 M은 원래 결혼 준비 과정에서 피할 수 없는 다툼이라고 김종미를 위로했다. 나 역시 주변 사례를 들며 김종미의 불안감을 잠재우기 위해 애썼다. 기혼자 둘에 미혼자(?) 둘은 그렇게 결혼과 가족에 대한 단상을 늘어놓으며 수다의 꽃을 피워나갔다. 살짝 열어둔 창문 틈으로 제주의 바람이 불어오고 있었고, 몸살기가 또다시 돌기 시작한 나는 먼저 자러 가겠다고 한 후, 옆방에서 홀로 잠에 빠져들었다.

아침에 눈을 떴을 때 나는 옆 침대에서 M이 코를 골며 자고 있는 것을 발견했다. 전날에 늦게까지 수다를 떨다 방에 들어와 잠든 것 같았다. 코를 골지 않는 사람들의 방과 코를 고는 사람들의 방으로 구별해놓길 잘했다는 생각이 들었다.

나는 곧장 타는 목마름을 느꼈다. 허겁지겁 냉장고 문을 열었는데 생수가 이미 동나 있었다. 나는 조심스레 옆방 문을 열어보았다. 김종미는 침대가 아닌 소파에 누운 채 깊이 잠들어 있었다. 부지런한 조하나는 이미 욕실에 들어가 씻고 있었다. 나는 냉장고를 열어 2리터 용량의 삼다수를 한 번에 들이켰다. 그리고 나는 김종미를 흔들어 깨웠다.

"종미야, 너 왜 멀쩡한 침대 놔두고 여기서 자."

"으응? 여기가 잠이 잘 오데."

어이가 없어 웃음이 나왔다. 나는 곧장 내 방으로 건너가 M을 깨운 뒤 씻고 옷을 입었다. 전날 입었던 옷을 또 입자니 찝찝했지만 다행히 냄새는 나지 않았다. 꼼꼼히 머리를 말리고 짐을 쌌다(애착 베개를 가방 안에 구겨 넣느라 혼났다). 가방을 메고 옆방으로 가자, 다들 타월 한 장씩 머리에 휘감고 있었다. 김종미는 화장을 하다 말고 나를 보며 흠칫 놀랐다. 그리고 자신의 파우치에서 잽싸게 족집게를 꺼내

더니 내게 고개를 뒤로 젖히라고 했다. 김종미는 벌초를 하듯 빠른 속도로 나의 눈썹을 뽑기 시작했다. 하나로 이어졌던 나의 눈썹이 두 쪽으로, 정갈하게 정리되었다.

확실히 하루하루 몸의 컨디션은 나아지고 있었지만 침을 넘길 때마다 따가운 느낌은 여전했다. 나는 눈썹을 다 뽑은 김종미에게 얼른 목구멍의 사진을 찍어달라고 부탁했고, 종미는 숙련된 솜씨로 나의 편도선을 찍어주었다. 전날보다 염증의 개수는 줄어들어 있었으나 남은 염증은 더욱 깊이, 많이 헐어 있었다. 사진을 보며 너무 징그럽다고 말하면서 입꼬리가 올라간 김종미와 M을 보니 왠지 얄미웠다. 밥 먹으러 가기 전에 꼭 병원부터 들르자고 난리를 치는 나를 보고 김종미는 알겠다고 하면서도 박징징의 징징거림이 또 시작됐다고 했다. 나는 김종미에게 "너 결혼해서 꼭 나 같은 아들 낳아라"라고 응수했고 김종미는 진심으로 충격을 받은 표정이었다.

차에 올라탔을 때 비가 추적추적 내리기 시작했다. 김종미는 나에게 분위기 있고 좋은 음악을 선곡하라 명했다. 나는 바캉스에 가장 걸맞은 노래인 씨스타의 〈터치 마이 바디〉를 골랐고, 김종미는 또 아이돌 노래를 튼다고 싫은 소리를 했다. 그러거나 말거나 나는 묵묵히 나의 선곡권을 사수했다. 가장 가까운 병원을 지도 앱에 찍었는데 마침 우리가 함께 가기로 한 고등어회 전문점이 병원을 가는 길목에 위치해 있었다. 김종미가 나에게 말했다.

"상영아, 우리 고등어회부터 먹고 갈래? 거기 11시 30분에 여는데 조금만 지나도 대기 번호가 100번도 넘어. 웨이팅 한 시간은 기본이고."

태어나서 한 번도 고등어회를 먹어본 적이 없는 나는, 오직 제주도에서만 맛볼 수 있는 진미라는 김종미의 감언이설에 넘어가 식당부터 가자고 답했다. 대신 종미가 원하는 최신 힙합곡이 아닌 에스파의 노래를 틀었다.

막상 모슬포항에 위치한 식당 앞에 멈춰 섰을 때 우리는 실망을 금치 못했다. 가는 날이 장날이라고 식당의 문은 굳게 닫혀 있었으며, 문 앞에는 '사정상 쉬어 갑니다'라는 문구가 쓰인 종이 한 장이 붙어 있었다. 나는 김종미를 한 번 흘겨보고 얼른 병원에 가자고 명하였다.

'김○○ 의원'이라는 병원에 들어간 나는 충격에 빠졌다. 시골의 한산한 병원일 것이라는 예상과는 달리 족히 서른 명은 되는 사람들이 벅적대며 대기실에 앉아 있었다. 게

다가 병원은 물리치료실부터 시작해서, 도수 치료실, 주사실과 병실까지 갖추어져 있어, 거의 종합병원을 방불케 했다. 나는 어안이 벙벙한 채로 접수대 앞에 섰다.

"화이자예요, 모더나예요?"

"네?"

"접종하러 오신 거 아니에요?"

"아뇨. 저 편도선에 염증이 많이 나서, 몸살 때문에 왔어요. 어제 보건소에서 PCR 검사도 받았고요."

나는 마스크를 고쳐 쓰는 간호사님께 얼른 서귀포 보건소에서 온 음성 확인 문자를 보여드렸다.

"이 동네 사세요?"

나는 서울 사람이라고 답했다. 간호사는 나 같은 관광객이 퍽 익숙한지 종이에 주소와 주민등록번호를 적으라 했다. 접수를 마친 뒤 나는 친구들에게 환자가 너무 많아 진료 시간이 길어질 것 같으니 먼저 음식점에 가 있으라고 문자를 보냈다. 빈자리가 없어서 진료대 앞에서 서성이고 있는데 30초도 지나지 않아 진료실에서 내 이름을 불렀다.

나와 비슷한 연배로 추정되는 의사는 내 목구멍을 보자마자 짧은 탄식을 내뱉었다. 그리고 항생제를 꽤 오래 먹어야겠다고 했다. 나는 1층의 약국에서 한 꾸러미나 되는 약을 받아 건물 밖으로 나왔다. 마침 김종미가 차를 빼고 있었다. 나는 얼른 달려가 조수석에 올라탔다.

"뭐야, 금방 끝났네? 우리는 너 한 시간도 넘게 걸릴 줄 알고 밥 먹으러 갈 참이었어."

"어, 알고 보니까 대기하는 사람들 다 백신 맞으러 온 사람들이더라고."

아이들은 이미 점심 메뉴를 갈치조림으로 정했다고 했다. 김종미가 이미 가본 적이 있는 검증된 맛집이라고 덧붙였다.

"너 아까 고등어횟집도 그렇고, 도대체 여기 맛집을 왜 이렇게 잘 아는 건데?"

알고 보니 김종미는 두 달 전 이미 예비 신랑 P와 함께 서귀포를 한 바퀴 도는 여행을 왔었다고 했다. 조하나만큼 이나 계획형 인간인 P의 주도로 김종미는 서귀포의 온갖 맛집을 다 들렀으며, 심지어는 한라산을 등반해 일출을 봤다고 했다. 나보다도 더 불성실하고 충동적이며 게으르기로 유명한 김종미가, 한라산에 올라 일출까지 봤다고?

"너 결혼이 아니라 극기훈련 가는 거 아니니?"

김종미는 질린 듯한 표정으로 고개를 끄덕였다. 사랑의 힘은 무섭다.

그리고 나는 김종미의 연인 P가 추천해준 갈치 전문점에서 세상에서 가장 맛있는 갈치조림을 먹었다. 그 후 친구들과 함께 해변의 북적이는 카페와 미술관과 (혼자서는 절대로 가지 않을) 제주맥주 양조장을 돌아다녔다.

조하나는 오늘 밤 묵을 숙소가 2층에 방 세 개짜리 양옥이며, 바비큐 그릴까지 사용할 수 있으니 고기를 사서 구워 먹자고 했다. 우리는 근처 하나로마트에 들러 파격적으로 싼 돼지고기와 야채를 구매해 숙소에 도착했다. 사장님의 도움으로 숯불을 피운 우리는 곧 문제에 봉착하고 말았다. 조하나는 주방의 스위치 몇 개를 눌러보더니 뒷마당을 비추는 조명이 고장 났다고 외쳤다. 하는 수 없이 우리는 숯불이 내뿜는 강렬한 불빛과 핸드폰 네 개의 플래시를 모두 켜서 조명을 만들었다. 그러나 미약한 광량 탓에 고기가 익은 건지 아닌지 구별이 안 됐다. 우리는 시장을 반찬 삼아 제대로 익었는지 알 수 없는 돼지고기를 맛있게 먹었다. 그러던 중 조하나와 김종미 사이에 낯선 손님이 찾아와 앉았다.

인절미 색깔의 통통하고 예쁜 고양이었다.

펜션 게시판에 마당 냥이 '우리'가 있다고 적혀 있는

것을 본 게 떠올랐으나, 이토록 아무런 기약 없이 고양이와 겸상을 하게 될 줄은 몰랐다. MBTI 검사를 하면 아무래도 E로 시작할 것이 분명한 고양이 '우리'는 당당하게 우리 일행 사이에 앉아 '고기를 내놔라!' 야옹야옹 고함을 질러댔다. 우리는 고양이의 건강을 생각해 고기를 한 점도 내어주지 않았다. '우리'는 한참 동안 구슬피 울다 서울 사람들의 매정함에 혀를 내두르며 몸을 돌렸다.

부른 배를 안고 다시 펜션 안으로 들어온 우리는 주방의 조명을 켰다. 그리고 뒷마당의 조명이 함께 켜지는 것을 보았다. 전자 회사에 10년째 근무하고 있는 조하나가 마당 스위치 하나 제대로 찾지 못했다는 사실에 우리는 그녀를 실컷 놀려댔다.

늦은 밤 거실의 소파에 모여 앉은 우리는 과일을 씻어 먹으며 커다란 스마트 TV로 넷플릭스를 켰다. TV 앞에 옹기종기 둘러앉은 우리 모습이 꼭 가족 같았다. 마침 새로운 드라마 시리즈가 올라와 있었다. 우리는 익숙하면서도 어이없는 제목을 눌러 드라마를 보기 시작했다. 드라마의 제목은 '오징어 게임'이었다. 우리는 순식간에 드라마에 집중했다. 2화가 끝나기 전에 조하나는 "이 드라마 좀 뻔한 것 같다"라고 평하며 1층의 작은방으로 들어가 잠을 청했다. 나는 3화까지 보고 난 후, "인물 중 한 명이 왠지 수상하다"라는 말을 남기고 2층의 침실로 올라갔다.

그리고 그날 밤 김종미는 〈오징어 게임〉을 보다가 어김없이 소파에서 잠들었고, M은 바닥에 얇은 여름 이불을 깔아놓은 채 새우잠에 빠져들었다. 여러모로 편하게 자기는 틀린 그들이었다. 그날 밤, 우리 중 누구도 〈오징어 게임〉의 성공을 점친 사람은 없었다.

고양이가 떠난 자리

영원히 떠나지 않을 것 같던 태풍 찬투가 간신히 제주도를 벗어났고, 나는 친구들과 함께 가파도로 향하는 유람선을 탔다. 공교롭게도 레지던시에 상주하는 다른 작가들도 나와 같은 시간대의 배를 탔다. 다시 레지던시에 복귀하기 위해서였다. 나는 두 무리 사이에 어정쩡하게 앉은 채 꼬박 일주일 만에 다시 가파도에 도착했다.

선착장 앞에는 처음 가파도에 왔을 때와 같은 (딱정벌레처럼 생긴) 전기차가 도착해 있었다. 나는 다른 작가들과 함께 트렁크에 내 캐리어를 실었다. 친구들에게 나는 레지던시에 들러 짐을 풀 테니 너희는 한 시간쯤 섬을 돌아본

뒤에 가파도에서 제일 유명한 맛집, 해물짬뽕집에서 만나
자고 말했다. 그리고 레지던시 직원분이 운전하는 차에 올
라탔다.

일주일 만에 도착한 내 방에는 예상대로 많은 수의 그
리마가 다리를 오그라뜨린 채 죽어 있었다. 나는 무심한 얼
굴로 휴지 한 장을 뽑아 주먹이 꽉 차도록 벌레를 주워 모
아 버렸고, 그보다 더 무심한 표정으로 테라스 창문을 열
고 무선 청소기로 바닥을 쓸었다. 뭔가 정화된 기분을 만
끽하며 침대에 앉았는데 내가 입고 있는 하얀 티셔츠에 작
은 얼룩이 묻어 있는 게 보였다. 전날 밤 이틀 연속으로 입
은 옷을 찝찝해하는 내게 김종미가 내어준 티셔츠였다. 오
버사이즈로 입으려고 가져온 것인데 왠지 너에게도 맞을
것 같다고 하는 김종미에게 나는 내 사이즈를 너무 만만하
게 보지 말라고 답했다. 그럼에도 일단 입어보라고 성화여
서 입어봤더니 정말 거짓말처럼 딱 맞았다. 나는 혼잣말처
럼 중얼댔다.

"도대체, 얼마나…… 오버사이즈로 나온 것이지? 이
정도면 거의 원피스라고 봐야 하지 않나……."

그렇게 빌려 입은 티셔츠인데 얼룩을 묻히다니, 죄책감
이 느껴졌다.

약속한 시각이 다 되었고 나는 샌들을 신은 채 쭐레쭐레 짬뽕집 앞으로 향했다. 날씨가 더웠지만 바람이 불어 땀이 나지는 않았다. 그때 종미와 M, 조하나가 자전거를 한 대씩 끌고 오는 게 보였다. 아이들은 모두 얼굴이 벌게진 채 땀을 흘리고 있었다.

"야, 이 자전거 왜 이렇게 고물이냐. 걷는 것보다 타는 게 더 힘들어서 끌고 왔어."

친구들에게 일러준다는 것을 깜빡했다. 가파도는 너무 작은 섬이라 자전거를 타기보다는 걸어 다니는 게 낫다는 사실을. 또한 상태가 괜찮은 자전거를 고르기 위해서는 배가 도착하기 무섭게 자전거 대여소로 달려가 치열한 경쟁을 뚫어야 한다는 것도.

우리는 짬뽕집 뒤에 자전거를 주차해놓고 가게 안으로 들어갔다. 꽤 많은 사람이 정신없이 짬뽕을 들이켜고 있었고, 우리도 짬뽕과 짜장면, 해물찜을 시켜 먹었다. 친구들은 해초와 온갖 해산물이 올라와 있는 짬뽕과 짜장면을 먹으며, 살면서 한 번도 본 적 없는 짬뽕과 짜장면이라고 엄지손가락을 들어 올렸다. 나는 내 덕분에 산해진미를 먹게 된 줄 알라며 생색이란 생색은 다 냈다.

밥을 먹고 난 후 우리는 섬을 한 바퀴 돌았다. 나는 처음 가파도에 왔을 때 J매니저님이 알려주셨던 섬의 핫스폿(?)들을 다니며 아는 척을 했다. "여기는 해녀들이 옷을 갈아입고 불을 때는 곳이고, 저기는 바다의 신에게 기도를 지내는 제단이고, 저기는……." 김종미는 체인이 녹슬어 앞으로 잘 나아가지 않는 자전거를 끌며 내 뒤를 쫓아왔다.

섬 투어의 마지막 코스는 내가 살고 있는 아티스트 레지던시 건물이었다. 섬의 남단에 위치한 건물을 보자 아이들은 탄식을 내뱉었다.

"야, 건물 진짜 멋있다!"

내가 지은 건물도 아닌데 괜히 어깨가 으쓱한 기분이었다. 아이들에게 자전거를 아무 데나 주차해놓으라고 명한 뒤, 평소대로 전망대의 계단을 통해 지하로 내려가는 대신, 지하 통로로 연결된 미술관 쪽으로 들어갔다. 미술관 안에는 처음 보는 젊은 남성 직원분이 서 계셨다. 방문객들의 QR 체크인이며 작품을 관리하는 역할을 담당하시는 듯했다. 대략 전시물 관람을 마치고 여느 때처럼 미술관에서 레지던시로 향하는 자동문(이라 쓰여 있으나 언제나 스위치가 꺼져 있어 손으로 밀어야 하는 수동문)을 옆으로 밀었다. 그때 입구 쪽에 계시던 젊은 남성 직원분이 달려오셨다.

"그쪽은 아티스트 레지던시라 들어가시면 안 돼요."

"아, 제가 그…… 지금 여기 살고 있는…… 아티스트라서요……. 여기는 제 일행이고요."

맞는 말을 하면서도, 스스로를 아티스트, 라고 칭하는 게 너무 부끄러워 어딘가에 숨고 싶었다. 직원분께서는 실례했다고 말하며 문을 열어주셨다. 관광객을 제외하고 섬에서 거주하거나 일하는 사람 중에 나만큼 젊은(?) 사람은 처음 본지라 나는 주의 깊게 그를 지켜보았다. 설마 매일 서귀포에서 배로 출퇴근을 하는 것일까?

궁금한 것도 잠시, 이내 나는 친구들과 함께 레지던시 곳곳을 돌아다녔다. 친구들은 내 방을 보더니 유럽의 기숙사나 정갈한 호텔 같다고 했다. 나는 아이들을 끌고 와 라운지에 앉았다. J매니저님이 처가댁에서 따오신 귤(그렇다. 제주도민들은 정말로 한 집 건너 한 집마다 귤밭을 가지고 있었다)을 내어주시며 아이들에게 아이스커피를 내려주셨다. 커피를 마시는데 김연수 작가님이 들어오셨다.

"상영아, 오랜만이야."

"선생님, 잘 지내셨죠? 옆은 저희 교지 편집부 친구들이에요. 예전에 인터뷰 때도 함께 왔었던 애들이요."

내가 말하자 김연수 작가님은 여전히 조금은 수줍은

표정과 다소 구부정한 자세로 "오랜만입니다, 잘 놀다 가세요" 하시고는 빛의 속도로 물을 마시고 자리를 뜨셨다. 일관되게 낯을 가리는 작가님의 모습이 퍽 반가웠다.

짧은 다과회를 마치자 어느덧 오후 3시가 넘어가고 있었다. 우리는 자리에서 일어났다. 내가 옷을 갈아입고 김종미의 티셔츠를 돌려주겠다고 하자, 김종미는 몹시 난감한 표정으로 "괜찮아 너 가져"라고 말했다. 나는 금세 목이 늘어나버린 김종미의 티셔츠를 입은 채 아이들을 바래다주러 가기로 했다. 김종미는 자전거가 무거워 더 이상 끌고 가기 싫다고 했다. 나는 어차피 따로 반납 시간은 없으니 내일 아침에 내가 갖다 놓겠다고, 레지던시 앞에 자전거를 세워두고 가라고 했다. 김종미는 가벼운 발걸음으로 함께 길을 나섰다.

아이들과 천천히 선착장을 향해 걸었다. 선착장으로 가는 길, 보건소 건물 앞에 조그마한 고양이 급식소가 보였다. 흰색 바탕에 인절미 색 무늬 새끼 고양이들이 뒹굴고 있었다. 친구들은 잽싸게 달려가 고양이들을 찍어댔다. 일반적으로 도시의 고양이들이 쉬이 배척당하는 존재라면, 가파도에서는 고양이가 쉬어갈 수 있는 쉼터나 급식소가 곳곳에 마련되어 있다. 섬에 들어온 지 얼마 되지 않아 중성화를 위해 고양이 포획 틀을 설치하는 것을 보기도 했다. 아무래도 시 차원에서 고양이를 관리하고 있는 듯했다. 실제로 부둣가를 지나다니는 고양이들은 대부분 건강하고 때깔이 고왔다. 나는 새끼 고양이를 만지는 아이들에게 (마치 현지인이라도 된 것처럼) 뿌듯한 미소를 지으며 이곳을 점령하고 있는 우세종(?)이라고 아는 척을 했다. 아닌 게 아니라 이곳의 고양이들은 육지의 고양이들보다 유달리 머리가 작고, 다리가 길었다. 가만히 보면 무늬나 체형 같은 전체적인 생김새도 비슷했다. 좁은 섬의 특성상 비슷한 종끼리 교배를 하고 대를 이어 그런 것 같았다.

문득 J 매니저님께서 고양이와 레지던시에 관련된 일화를 전해주신 게 떠올랐다.

지네와 그리마를 제외하고는 다른 생명체를 찾아볼 수 없는 지금과는 달리, 과거 아티스트 레지던시 건물에는 '상주 고양이(?)'가 있었다. 그 고양이는 직원들과 아티스트들의 애정을 독차지하며 레지던시의 여섯 번째 상주 작가나 다름없게 자리 잡았다. 모두가 고양이를 사랑하는 와중에 특히 문학 작가 L 님의 경우 고양이에게 애정이 각별했다 한다. 본섬에 나갈 때마다 고양이 간식을 한 아름 사

와 먹였으며, 거의 '무릎 냥이'라고 불러도 될 만큼 고양이를 끼고 사셨다. 그리고 어느 날 아침, 방문을 연 L 작가님은 자신의 방 앞에 뱀 한 마리가 몸을 늘어뜨리고 있는 것을 발견하고 비명을 질렀다. 고양이는 보은을 아는 동물이라고 했던가. 은혜를 뱀으로 갚은 고양이였다.

레지던시의 사업 주체가 바뀌고 리모델링 공사를 하면서 이곳에 상주하던 고양이도 건물을 떠나버렸고, 이제는 다 옛일이 되었다.

혼자서는 15분 만에 도착하는 선착장까지, 친구들과 사진을 찍으면서 수다를 떨며 가다 보니 한 시간도 넘게 걸렸다. 우리는 선착장 앞 매점에 앉아 (혼자였으면 죽어도 사먹지 않았을) 한라봉 아이스크림을 나눠 먹었다. M은 네 덕에 이런 곳을 다 와본다며, 이런 섬에 초대를 받아 김연수 작가님 옆방에서 사는 사람이 됐다니, 비로소 내가 출세한 게 느껴진다고 했다. 나는 출세는 무슨 출세냐며 손사래를 쳤지만, 은은한 미소를 지었음을 고백한다.

작가가 되겠답시고 다니던 회사를 관두고 대학원에 들어갔을 때 나는 극심한 생활고에 시달렸다. 매달 찾아드는 카드값을 갚지 못해 신용불량자가 될 위기에 처한 당시의 나를 만날 때마다 조하나와 M은 언제나 계산서를 먼저 집어 들었다(김종미는 나만큼이나 가난한 취준생의 신분이었다). 매일 얻어먹기만 해서 미안해하는 내게 "미래의 유명 작가 박상영에게 투자하는 거야"라고 우스갯소리를 했던 친구들. 넷 다 성격이 똑같아서 서로 간지러운 소리는 못 하지만 나는 친구들을 떠올릴 때마다 모종의 따뜻함이랄까, 든든함을 느끼고는 했다. 비록 그들이 바란 대로 유명한 작가가 되지는 못했지만, '유망한' 작가가 되어 이곳 가파도의 레지던시에 친구들을 초대할 수 있게 되었다는 사실에 괜히 뿌듯한 기분이 들었다. 친구들은 그런 내 마음을 아는지 모르는지 유람선이 도착하기 무섭게 배를 타고 섬 밖으로 떠나갔다.

서울로 돌아가는 길, 김종미는 나에게 자신의 결혼식에서 축사를 해줄 것을 부탁했고 나는 여느 때처럼 "보고. 시간 되면 할게"라고 새침하게 한 번 튕겨주었다.

친구들과의 왁자지껄한 3박 4일이 끝나고 홀로 레지던시로 향하는 길, 든 자리는 몰라도 난 자리는 티가 난다더니 괜히 쓸쓸한 기분이었다. 가파도에서 고독과 고요를 즐겼던 나였는데, 어느새 친구들의 시끄러운 볼륨에 고막이 적응을 한 것 같았다. 친구들은 단체 창에 연신 이번 여행이 너무 즐거웠다며, 다음에도 또 날짜를 맞춰 놀러 가자고 난리였다. 나 역시 그러자고 말하면서도 괜히 아득한 기분이 들었다. 불과 3개월의 시간이 지나면 김종미까지 결혼을 하게 된다. 즉, 나를 제외한 모두가 기혼자가 된다. 만약에 이들 중 누군가 갑자기 임신을 하게 된다면? 조하나의 첫 임신으로부터 함께 여행을 오게 된 지금까지 시간을 고려해본다면 다음번 여행은 언제가 될지 알 수 없었다. 그럼에도 불구하고 나는 언제까지고 그들을 기다려줄 여력이 있었다. 그때가 되면 여느 때처럼 우리는 한없이 보통의, 그러니까 최고의 여행을 하게 될 거라고, 믿는 수밖에.

　　＊ 다음 날 아침, 김종미가 남겨놓고 간 자전거를 반납하기 위해 레지던시 입구로 간 나는 소스라치게 놀라고 말았다. 밤사이, 자전거가 감쪽같이 사라져버렸기 때문이었다. 이 좁디좁은 섬에 자전거 도둑이 있단 말인가? 내가 알지 못하는 거대하고 엄청난 비밀이 있는 것만 같은 기분에 사로잡혔다. 비밀은 의외로 싱겁게 풀렸는데, 매니저님의 말에 따르면 자전거 대여소 사장님이 저녁마다 트럭을 몰고 섬 한 바퀴를 돌며 반납되지 않은 자전거들을 회수한다고 했다(실은 자전거를 레지던시 앞에 세워두고 편의점에 술을 사러 갈 때 이용해볼 생각이 없지 않았는데…… 자본주의(?)는 언제나 내 상상력을 앞선다).

　　＊＊ 김종미는 결혼 전날까지 예비 신랑 P와 싸우다, 누구보다도 밝은 얼굴로 결혼식장에 입장했다. 나는 김종미의 결혼식에서 축사를 했다. 김종미는 제주도로 떠난 신혼여행에서 내 책《1차원이 되고 싶어》를 읽으며 타임머신을 타고 자신의 10대 시절로 돌아간 느낌을 받았다고 했다. 또한 지금 자신의 옆에 열다섯 살에 만난 첫 남자친구 P가 누워 있다는 사실이 몹시 낯설고도 특별하게 느껴졌다고 말했다.

　　둘은 여전히 하루 걸러 하루, 전투를 하며 신혼 생활을 만끽하는 중이다.

보름달 미스터리

    친구들이 떠난 후 바로 추석이 찾아왔다. 나는 들뜬 마음을 다잡고 불과 보름 앞으로 다가온 장편소설《1차원이 되고 싶어》의 출간 준비에 한창이었다.

    자타공인 불효자인 나는 부모님과의 반목으로 인해 명절을 챙기지 않는 사람이 되었고, 언제부터인가 내게 명절은 텅 빈 서울에서 혼자 보내는 시간으로 자리 잡게 되었다. 몸은 더할 나위 없이 편하고 자유로웠지만 가족을 나 몰라라 했다는 생각에 마음만은 쓴 것을 씹은 것처럼 불편했다. 가족은 내게 언제나 모종의 죄책감과 찝찝함을 남기는 단어로 남아 있었다. 그나마 2020년부터는 (빌어먹을) 코로나 덕분에 나 말고 다른 모두가 가족을 만나러 가지 못하는 처지가 되었고 그나마 나 혼자가 아니라는 생각에 마음은 한결 가벼워졌다.

이번 추석의 경우 이전과는 조금 달랐다.

남들은 눈치를 보며 찾는 휴양지에서 합법적으로(?) 추석을 쉬게 되었으며, 그것도 레지던시에 기거하는 사람들과 함께 시간을 보내게 된 것이었다. 줄리아는 자신의 한국인 시각 예술가 친구가 레지던시를 방문해 우리와 함께 추석을 보내도 괜찮을지 물어보았다(외부인이 묵을 때 직원들과 상주 작가들에게 미리 허락을 구하는 것이 레지던시의 규칙이었다). 당연히 모두가 승낙하였고, 나는 추석 연휴 동안 스스로를 먹일 파스타 면과 주전부리, 그리고 맥주를 잔뜩 사두었다. 찬장을 열었을 때 김연수 작가님이나 유비호 작가님의 선반이 김 과자며 짜장라면 같은 것으로 채워진 것을 보면 다른 작가들도 나와 다르지 않은 처지인 것 같았다.

매일 산책을 나갈 때마다 달이 점점 뚱뚱해져가는 게 보였다. 나는 달과 대화하는 것을 좀 즐기는 편인데, 달에게 소원을 빌었을 때 성사율(?)이 꽤 높았기 때문이다. 등단도, 첫 책의 무탈한 발간도, 젊은작가상도 모두 달에 빌었던 소원의 목록이었으니 이제는 반 종교화된 의식이기도 했다(60년 차 크리스천인 우리 엄마가 듣는다면 기절할 만한 소리 겠으나……). 선명한 달을 바라보고 가파도를 걷는 일은 기대 이상으로 좋았고 친구들이 떠나간 뒤 헛헛한 마음을 달이 채워주는 것 같은 기분이었다. 나도 모르게 선미의 〈보름달〉을 흥얼거렸다.

"그대여 보름달이 뜨는 날 그대 날 보러 와요."

뭐야, 지독히 의미심장한 가사잖아,라는 생각을 하며.

저녁 산책을 마치고 레지던시로 돌아왔을 때 어디선가 시끌벅적한 소리가 들렸다. 전망대 너머에 사람들이 두런두런 둘러앉아 있는 게 보였다. 김연수 작가님이 일어나 나에게 외쳤다.

"우리 옥상에서 달 보며 한잔하고 있어. 상영도 올라와!"

나는 알겠다고 말한 뒤 내 방의 미니 냉장고에 숨겨놓았던 제주맥주 세 캔을 꺼내 옥상으로 얼른 달려갔다. 전시 준비를 위해 서울로 가신 유비호 작가님을 제외한 레지던시 상주 작가들 모두가 옥상에서 달을 바라보고 있었다. 줄리아 옆에 앉은 숏컷의 여성은 처음 보는 분이었는데 아마 줄리아가 말한 친구분인 것 같았다. 다들 한동안 말없이 달을 보며 술을 홀짝였다. 그런데 갑자기 누군가가 외쳤다.

"어! 반딧불이다."

숏컷의 여성분이 유리잔을 든 채 옥상을 누비기 시작했다. 마치 어린아이 같은 모습이라 괜히 웃음이 새어 나왔다. 그가 곧 빛나는 벌레를 컵 속에 가두었다. 야광별처럼 희미하게 빛나는 반딧불이가 컵 속을 유유히 날아다니고 있는 게 보였다. 태어나서 처음 보는 반딧불이의 모습이었다. 김연수 작가님도 아주 오랜만에 반딧불이를 본다며 어릴 적에 심심치 않게 동네에서 볼 수 있는 벌레였는데 어느 순간 사라져버렸다고 했다. 나는 줄리아에게 반딧불이를 본 적이 있냐고 물었다. 줄리아는 뭐 그런 당연한 걸 묻냐는 듯한 목소리로 답했다.

"상영, 나는 연수처럼 70년대생이야. 우리 세대에게 반딧불이는 몹시 친숙해. 거기다 난 멕시코시티에 살잖아? 거기선 세상에 존재하는 모든 곤충을 다 볼 수 있다고."

나는 갑자기 장난기가 들어서 "그렇다면 연수와 줄리아도 할머니들처럼 섬에서 자라는 허브의 효능과 치료법을 모두 알고 있겠네? 두통이 오면 민들레, 허리가 아프면 라벤더…… 같은 것?" 하고 물었다. 줄리아는 씨익 웃으며 김연수 작가님을 향해 말했다.

"연수, 밀레니얼들은 너무 가혹해."

김연수 작가님은 여느 때처럼 사람 좋은 웃음을 지으셨다. 줄리아의 옆에 앉아 있던 숏컷 여성분이 자신을 이슬기,라고 소개하며 나의 나이를 여쭈어보셨고 나는 (88년생이라고) 대답했다. 그런데 이슬기 작가님의 성함과 인상이 뭔가 익숙했다. 줄리아와 불어로 유려하게 대화를 나누는 이슬기 작가님을 보다가 나는 문득 떠올리고 말았다.

"이슬기 작가님, 혹시 작년에 올해의 작가상 수상하신 분…… 아니세요?"

"어머, 어떻게 아셨어요?"

국립현대미술관에서 열리는 올해의 작가상 전시는, 내가 매년 연례행사처럼 빠지지 않고 챙기는 전시였다. 작년에도 코로나를 뚫고 간신히 예약에 성공해 열심히 전시를 관람했고, 스크린에 흘러나왔던 이슬기 작가님의 인터뷰 영상 속 느긋한 말투와 독특한 속눈썹, 헤어스타일을 기억해낸 거였다. 나는 이슬기 작가님에게 작품을 정말 인상 깊게 보았다고, 칭찬받기 위해 안달 난 초등학생처럼 전시의 감상을 마구 늘어놓았다.

"사진 작품과 조형 작품의 조화가 인상적이었고, 회화의 경우 보색 사용이 파격적이어서……."

이슬기 작가님이 조금 곤란한 표정으로 말씀하셨다.

"저, 죄송한데 그건 제 작품이 아닌 것 같아요."

"네?"

"제 작품은 단청의 전통 문양이랑 한지 공예로 만들어진 설치 미술인데……."

내가 묘사한 작품의 정확히 반대편 전시실에 위치한, 정갈하고 단정했던 작품이 바로 떠올랐다. 엄청난 결례를 저지른 것을 깨달은 나는 거듭 죄송하다고 고개를 숙였다. 이슬기 작가님은 괜찮다고, 한꺼번에 네 명이나 전시를 해서 충분히 헷갈릴 수 있다고 말씀해주셨다. 큰 실수를 저질렀다는 생각에 수치심과 부끄러움이 뒤통수에 넘실댔다. 하는 수 없이(?) 나는 들고 온 제주맥주를 원샷했다. 이슬기 작가님께서는 부끄러워하는 나를 배려해서인지 계속 말을 걸어주셨다.

재불 교포인 줄 알았던 이슬기 작가님은 알고 보니 나와 동향 출신이며 내 바로 옆 학교를 다니다 10대 때 프랑스로 건너가셨다고 했다. 줄리아와는 파리에서 여러 전시를 통해 친해져 지금까지 인연을 이어오고 있으며, 추석이라는 명절을 둘이 함께 보낼 수 있어서 뜻깊다고 내게 말했다. 김연수 작가님이 아이폰으로 음악을 틀기 시작했다. 그는 언제나 탁월한 DJ였고, 술기운이 나를 감싸자 부끄러움이 가시기 시작했다. 다른 사람들도 기분이 좋아졌는지 음악에 맞춰 어깨춤을 추기 시작했다. 나는 술버릇 중 하나인 실없는 소리를 했다.

"슬기, 줄리아, 그거 알아? 내가 무속인 유튜브에서 본 건데, 달밤에 춤추는 건 귀신을 부르는 행위래."

줄리아가 고개를 갸웃하며 대답했다.

"그렇지만 한국에는 보름달이 뜰 때 빙글빙글 돌면서 춤을 추는 전통이 있다던데?"

김연수 작가님이 말씀하셨다.

"맞네. 강강술래."

"생각해보니 그렇네요. 그 사람이 헛소리한 건가?"

"아냐, 강강술래도 조상님을 부르는 춤일 수도 있지."

귀신 얘기가 나오자 김연수 선생님이 다소 으스스한 말씀을 하시기 시작했다.

"상영, 우리 레지던시 옆에 있는 하얀색 건물 가본 적 있어?"

"네. 유리문으로 된 건물 말하시는 거죠? 안에 가스통이랑 잡동사니가 가득하던데요."

"거기가 사실은 시체 안치소래."

"네?"

"섬에서 누군가 죽었는데 바로 배를 띄우기 여의치 않을 때 그곳에 시신을 보관하는 거지."

"전 그냥 창고인 줄 알았어요."

생각해보면 섬에서 아름다운 풍광과 바다만큼이나 자주 마주하는 게 바로 무덤이었다. 길가, 밭의 한중간, 심지어는 레지던시 건물 옆에서도 심심치 않게 무덤들을 맞닥뜨릴 수 있었다. 교통이 원활하지 않던 과거에는 섬에서 급작스럽게 사람이 죽었을 때 집 마당이나 밭과 같은 생활공간에 매장하는 것이 흔한 풍습이었다고 했다. 도시의 우리에게 '죽음'이라는 대상이 추상적이고 왠지 금기시되는 으스스한 종류의 것이라면 섬에서, 자연에서 죽음은 생의 일부이다.

맥주를 다 마실 때쯤 이슬기 작가님이 유리잔 속에 담긴 반딧불이를 풀어주었다. 희미하고 어렴풋한 불빛이 하늘을 향해 떠오르기 시작했다.

＊

《1차원이 되고 싶어》가 출간되자, 홍보 활동을 위해 나는 서울로 가는 비행기를 탔다. 책을 팔기 위해서라면 무엇이든 하겠다는 각오로, 여러 매체와 인터뷰를 하고 유튜브 콘텐츠를 촬영하며 하루하루를 보냈다. 가끔은 영혼까지 탈탈 털리는 느낌이었으나, 내 책을 알리기 위해, 단 한 사람에게라도 책을 가닿게 하기 위해 필요한 일이라는 생각을 하며 버텼다. 마침 같은 시기에《대도시의 사랑법》 영문판이 미국과 영국에서 발간되어, 낮에는 인터뷰나 매체 촬영을 하고 밤에는 영어로 된 질문지를 읽어가며 서면 인터뷰를 하는 날들이 이어졌다. 서점과 출판사에서 꽤 많은 인원을 모집하는 북토크 행사도 예정되어 있었다.

그러나 (죽도록 지긋지긋한) 코로나 변이 바이러스가 또 다시 날뛰기 시작했고 결국 서울에서 예정되어 있던 대면 행사는 모두 취소되어버렸다. 결국 출간 후 첫 행사이자, 유일한 대면 행사를 치르기 위해 나는 다시 가파도로 향했다.

갯강구의 이름은 엘리자베스

가파도에서 열리게 된 첫 출간 행사는 한 통의 메일에서 시작되었다. 자신을 합정역 근처에 위치한 '문학살롱 초고'의 대표라고 밝힌 분께서 신작 장편소설의 행사를 주관하고 싶다고 했다. 나와 친한 송지현 작가와도 친분이 있다며, 그녀를 사회자로 모시고 싶다고 했다. 나는 현재 가파도에 묵고 있어 진행이 어려울 것 같다고 정중한 거절 메일을 보냈다. 그렇게 제안이 무산됐다고 생각하고 있었는데, 답장이 왔다.

─그렇다면 저희가 가파도로 가겠습니다.

가파도에 먼저 도착한 것은 송지현이었다. 내가 레지던시에 묵고 있을 때를 노려 제주도와 가파도를 둘러보겠다고 평소 노래를 불렀으나, 딱히 실행력이 좋은 편은 아니라 차일피일 미루고 있던 터였다. 문학살롱 초고의 행사 제의가 일정을 잡는 데 결정적인 도움을 주었다. 송지현은 급하게 비행기표를 사서 산 넘고 물 건너 행사 전날 가파도에 도착했다. 코로나가 장기화되고 해외여행이라는 선택지가 없어지자 제주도 비행기푯값이 두 배도 넘게 뛰었다고 했다.

송지현의 캐리어를 내 방에 부려둔 뒤 가파도 한 바퀴를 돌았다. 손님을 몇 번 치러본 뒤로 나는 거의 가파도 전문가가 다 돼서 사진이 잘 나오는 포토 스폿과 맛집, 섬의 역사 같은 것들을 줄줄 외게 되었다. 일전에 친구들을 데려간 가파도의 짬뽕집에서 점심을 먹었다. 짬뽕에는 커다란 뿔소라가 여러 마리 들어 있었는데 껍질이 잘 까지지 않아 고군분투하는 지현의 뿔소라까지 대신 까주었다. 지현은 내가 현지인이 다 된 것 같다며 엄지손가락을 추켜세웠다 (사실 메뉴판 뒷면에 뿔소라 까는 법이 상세히 적혀 있었다).

가파도의 공인된 맛집답게 가게 안은 사람들로 벅적거렸는데 대부분 부모님 연배의 낚시꾼들이었다. 그들은 한

라산 소주를 기울이며 큰 목소리로 시종일관 '아재 개그'를 구사하고 있었다. 자기들끼리는 숨도 못 쉬고 웃는데 정말이지, 너무 재미가 없었다. 굳어가는 내 표정을 발견한 송지현이 한숨을 쉬며 말했다.

"꼭 우리 아빠 계모임 보는 것 같아."

"계모임이 어떤데?"

"아저씨들이 밑도 끝도 없이 계속 개드립을 쳐. 그래서 엄청 소란스러워. 근데 재미는 없어."

"대박. 우리 아빠도 그래. 친구들이랑 있을 때 웃기고 싶어서 입술이 들썩들썩하는데, 막상 농담이랍시고 하는 게 다 산통 깨는 말뿐임."

"우리 아빠도 예전엔 엄청 웃겼다? 이젠 하나도 안 웃긴 걸 보면, 노화가 개그감조차 상실하게 만드나 봐."

"그렇게 생각하니까 슬프다."

"아냐, 그래도 뭐, 그분들끼리는 서로 재밌어 보이니까. 우리도 괜찮을 거야."

한 상 거나하게 먹은 뒤 카페인 충전이 절실했던 우리는 섬 입구의 카페에 들렀다. 일전에 레지던시 직원분이 소개해준 카페였는데, 전직 해녀였다는 카페 사장님의 이력이 독특해 기억에 남는 곳이었다. 바닷가에 위치한 카페 건물이 아름답고, (사장님께서 길고양이에게 밥을 주셔서) 근처에 고양이가 많으며, 커피 맛도 좋지만 사장님께서 (나보다 더) 말하는 걸 좋아하셔서 한 번 붙잡히면 30분은 기본이라 친구와 함께 있을 때만 들르게 되는 곳이기도 했다. 나는 가게에 들어가기 전, 송지현에게 사장님의 수다력에 대해 경고를 해두었다. 지현과 나는 아이스 아메리카노 한 잔씩을 주문해 받아 들고 얼른 카페 뒷마당으로 나가 우글대는 고양이를 만지기 시작했다. 고양이들은 누군가 화장을 해놓은 것처럼 하나같이 검은 눈썹이 그려져 있었다. 아니나 다를까 카페 사장님이 우리에게 다가와 말씀을 하시기 시작했다.

"눈썹 고양이 몰라?"

"네?"

"유명해. 네이버에도 나와. 매스컴도 여러 번 탔고, 난리도 아니었어."

"정말요? 제가 유명한 고양이님들을 몰라뵈었네요."

"그럼. 손님들도 다 물어봐. 원래는 눈썹 강아지도 있었어. 한동안 엄청 유명했었는데…….."

과거형으로 말씀하시기에 뭔가 사연이 있는 것 같아

조심스레 여쭤보았다.

"강아지는…… 어디로 갔나요?"

"우리 집에 있지."

"아……."

(그렇다면 왜 과거형으로 아련하게 말씀하신 걸까?)

세 마리의 고양이는 모두 성묘였는데 특이하게도 한 마리의 고양이가 나머지 두 마리의 고양이에게 젖을 물리고 있었다.

"저 고양이가 어미인 거예요?"

사장님은 젖을 물리는 어미 고양이의 이름은 '미미'라며, 얼마 전 서귀포시의 공무원들이 미미를 데려가 중성화 수술을 시켜주었다고 했다. 미미의 새끼들은 이미 다 커버린 지 오래이며 중성화 수술까지 한 터라 젖이 나올 리 없는데도 온갖 고양이들에게 젖을 먹이고 있다고 했다. 뭔가 아주 많은 사연이 느껴졌지만, 더 물었다간 최소 한 시간 이상의 스토리가 이어질 것 같아 우리는 얼른 자리에서 일어나 카페 밖으로 나섰다. 젖을 먹고 있던 고양이 중 하나가 우리를 따라왔다. 사장님이 가게 밖으로 나와 소리를 지르셨다.

"에밀리, 빨리 들어와, 차에 치여 죽어!"

그 이름을 듣는 순간 송지현과 나는 동시에 웃음이 터져버렸다. 눈썹이 그려진 고양이들의 이름이 미미와 에밀리라니. 도대체 나머지 고양이들의 이름은 무엇일지. 엘리자베스나, 조세핀 혹은 캐서린 같은 이름이 나올 것만 같았다. 서귀포시 당국은 카페 사장님께서 중성화를 마친 고양이들에게 이토록 귀족적인 중세 영국 여성의 이름을 붙여 기르고 있다는 사실을 알고 계시는지 모르겠다. 나는 중성화된 어미 고양이 미미와 미미의 나오지 않는 젖을 착취하는 고양이들의 안녕을 진심으로 기원하게 되었다.

커피를 한 잔씩 들고 가로수길을 따라 걷는데 김연수 작가님과 마주쳤다. 작가님은 천으로 된 에코백을 메고 평소처럼 조금은 겸손하고 구부정한 자세로 우리에게 걸어오셨다. 아무리 봐도 가파도에 20년쯤 거주한 현지인 같은 느낌이 들었다. 나는 작가님에게 반갑게 인사한 뒤, 송지현을 소개해드렸다. 김연수 작가님은 작품으로 봐서 잘 알고 있다고 답하셨고, 송지현은 평소답지 않게 뚝딱거리며 어색하게 인사를 했다. 어디에 가시냐는 물음에 작가님은 (섬에서 유일하게 주류를 판매하는) 편의점에 간다고 하셨다. 전직 경찰 출신의 편의점 사장님께서 레지던시에 거주하는 작가들에겐 특별히 술값을 할인해준다는 귀한 정보까지 주셨다. 마침 밤에 먹을 술이 부족했던 우리는 김연수 작가님과 일행이 되어 나란히 편의점으로 향했다.

편의점에 도착하자 김연수 작가님은 익숙한 손길로 맥주 몇 캔과 한라산 몇 병을 장바구니에 담으셨다. 우리도 여러 종류의 술을 골라 담았다. 과연 편의점 사장님께서는 김연수 작가님을 알아보고 우리의 술값까지 할인해주셨다.

우리는 각자의 술을 가슴에 품은 채 다시 길을 걷기 시작했다. 밭이며 들, 길가 곳곳에 이름 없는 무덤이 있었다. 송지현은 조용히 "삼보 일 무덤이다"라고 중얼거렸고 나는 그게 왠지 웃겨 핸드폰 메모장에 '삼보 일 무덤'이라고 받아 적었다. 코스모스가 만개한 밭 중에서 관리가 잘 되어 있는 밭이 하나 있었는데 밭의 경계는 돌담으로 둘러싸여 있었으며, 밭의 입구에는 제주도의 전통 대문인 '정낭'이 세 개나 올려져 있었다. 고등학교 때 수학여행을 와서 정주석에 올려진 정낭의 모양에 따라 집주인의 상태를 알 수 있다는 얘기를 들었던 게 기억이 났다. 밭 입구에는 세 개의 정낭이 올려져 있으니 주인이 멀리 출타했다는 의미였다. 송지현이 그것을 보며 말했다.

"어머, 제주도는 밭에도 대문이 있네?"

내가 심드렁한 목소리로 답했다.

"왠지 가짜로 만들어놓은 것 같아. 관광객들 보라고."

김연수 작가님께서는 꿈결 같은 목소리로 속삭이듯 말씀하셨다.

"상영이는 의심이 많구나(음량 1). 사람에 대한 신뢰가 없어(음량 0.5)……."

송지현은 그 말을 듣고는 깔깔대며 웃기 시작했다. 나 역시도 지현을 따라 웃을 수밖에 없었는데, 정말이지 그것만큼 나를 완벽하게 설명하는 문장이 없기 때문이었다.

실은 나는 보기보다 겁이 많고 소심한 사람이라 타인에게 쉽게 상처를 받고 또 오래 곱씹곤 한다. 의심이 많고 타인을 잘 믿지 않는 건 아마도 그런 나 자신을 보호하기 위한 방어기제일지도 모르겠다. 때문에 예전부터 나는 손쉽게 타인을 받아들이고, 어렵지 않게 신뢰감을 쌓아 올리는 종류의 사람들을 동경해왔다. 그들은 나처럼 사사로운 일에 붙들려 있지 않고 경제적으로 감정을 사용할 줄 아는 존재라는 생각에 때로 열등감을 느끼기까지 한다. 김연수 작가님을 볼 때도 그런 생각을 자주 했는데, 작가님의 여유로운 걸음걸이며 타인에 대한 긍정적인 표현, 마음 씀씀이 같은 것들이 부럽고 좋았다. 일상의 대부분을 감정이라는 괴물을 다스리는 데 허비하는 나로서는 좀체 가닿기 힘든 삶의 형태이기도 했다.

얼마 지나지 않아 숙소로 향하는 갈림길이 나왔다. 내가 김연수 작가님에게 말했다.

"선생님 저희는 여기 보리밭에서 사진 좀 찍고 갈게요. 먼저 들어가셔요."

"술병 무거울 텐데(음량 0.03)……. 내가 들고 가줄까(음량 0.001)."

"괜찮아요, 선생님. 저희 젊어요!"

김연수 작가님은 웃으며 돌아섰다. 선생님이 멀찍이 떨어진 후 송지현이 내게 물었다.

"아까 선생님이 뭐라고 하신 거야?"

"아, 우리 술병 무거우니까, 들고 가주신다고."

"선생님 진짜 좋으시다."

"그렇지."

보리밭에서 사진을 천 장쯤 찍고 간신히 사람답게 나온 사진을 건진 우리는 바닷가를 따라 걸었다. 나는 평소처럼 별생각 없이 저벅저벅 걷는데 송지현이 바닥을 가리키며 비명을 질렀다.

"저, 저게 뭐야!"

송지현이 손가락으로 가리킨 것은 갯강구들이었다. 가파도의 바닷길에는 언제나 갯강구가 많았다. 산책할 때 바위틈에 숨어 있던 거대한 갯강구가 달려 나오는 일도 비일비재한지라 내게는 하나도 새롭지 않은 풍경이었다. 그러나 바퀴벌레를 병적으로 싫어하는 (또 무서워하는) 지현에게는 바퀴벌레와 비슷한 모양의 갯강구들이 우글대는 모습이 다소 충격적인 풍경인 것 같았다. 나는 그런 지현을 위로해주기 위해 유달리 커다란 갯강구들에게 별명을 하나씩 붙여주었다.

"안녕, 엘리자베스, 네 옆의 빅토리아는 요즘 어떻게 지내니."

송지현은 나에게 미친놈, 이라고 답하며 웃었다.

그날 밤 나는 레지던시 측에서 제공해준 토퍼 매트리스를 바닥에 깔고 누웠다. 송지현은 자신은 바닥이 더 편하다며 한사코 내게 침대를 양보했다. 하는 수 없이 나는 침대에 가 누웠다. 송지현이 토퍼에 누워 핸드폰을 하고 있는데 새끼손가락만 한 그리마가 지현의 베개 쪽으로 맹렬히 달려왔다. 나는 숙련된 동작으로 잽싸게 그리마를 잡았다. 송지현은 입술이 파랗게 질린 채 침대 위로 기어 올라

가더니 아무래도 자신이 침대에서 자야 할 것 같다고 말했다. 그날 밤 나는 바닥에서 총 네 마리의 그리마를 잡았고 송지현은 다시는 가파도에 올 수 없을 것 같다고 말했다.

알려지지 않은 작가의 눈물과
가파도 파스타

《1차원이 되고 싶어》첫 번째 북토크 행사 당일, 송지현과 나는 점심이 다 되어 느지막이 일어났다. 밥을 먹기 위해 라운지에 가보니 커다란 소파와 테이블이 치워져 있었고, 그 자리에 빼곡히 의자가 놓여 있는 게 보였다. 제주문화재단 큐레이터님의 도움으로 가파도에 사는 주민들 20여 명이 행사에 참석한다는 소식을 들었는데, 북토크 행사를 위해 레지던시 직원분들이 미리 행사장 세팅까지 해주신 거였다.

송지현과 나는 식탁에 앉아 얼마 남지 않은 밑반찬에 밥을 깨작깨작 먹었다. 나는 송지현에게 초고의 직원분들은 언제 오시느냐고 물었다.

"그게…… 사장님이 어젯밤에 목포에서 배 탄다고 한 뒤로 연락이 끊겼어."

"뭐? 갑자기 목포는 왜?"

"비행기표가 매진돼서 기차로 목포까지 가서 배 타고 제주도로 오신대."

나는 너무 놀라 들고 있던 숟가락을 떨어뜨렸다. 그런 방식으로 서울에서 제주도에 올 수 있다고는, 살면서 단 한 번도 상상해본 적이 없었다. 송지현이 자신의 핸드폰으로 사진 몇 장을 보여주었다. 단발머리의 젊은 여성이 커다란 위스키병을 들고 합정역, 서울역, 목포역, 그리고 목포항에서 찍은 사진이 차례대로 화면에 떠올랐다.

"이게 뭔데?"

"초고 사장님이 보내온 사진. 우리 마시라고 저 위스키 들고 오고 있대. 아마 지금쯤 제주항에 도착했을걸?"

"엄청 어려 보이시는데? 이분이 사장님이라고?"

"어. 20대 중반일 거야, 아마."

내 경우, 김포공항에서 한 시간 동안 비행기를 타고 와도 허리가 쑤셔 죽을 것 같은데. 서울에서 목포, 목포에서 제주, 제주에서 가파도까지 하루 종일 교통수단에 몸을 신는다니. 상상만 해도 온몸이 저려오는 것만 같았다. 아무래도 전날의 숙취가 가시지 않는 기분이라 라면도 끓여 먹었다.

사실 전날 밤 우리는 거하게 술판을 벌였다.

송지현과 내가 라운지에서 조미김과 콩자반을 안주 삼아 소주를 마시는 와중에 김연수 작가님께서 물을 마시기 위해 라운지에 들른 게 이 모든 사달(?)의 시작이었다. 우리는 술자리에 빠지는 법이 없는 김연수 작가님과 자연스레 합석을 했다. 밤이 깊어가고 우리는 두런두런 수다를 떨었다. 내가 일은 서울에서, 잠은 제주에서 해결하느라 정신없이 시간을 보내던 와중에 김연수 작가님은 이미 가파도에 완벽히 동화되어 반 현지인이 다 돼 있었다. 섬의 역사와 문화, 심지어 주민들 간의 알력 싸움과 법정 다툼까지도 완벽히 파악하고 있었다. 특히나 흥미로웠던 것은 한때 가파도를 주름잡았던 조폭 출신의 인물에 대한 이야기였다. 그는 여러 이권 사업과 연관된 권력자인 동시에 낭만이 있는 자객(?)이기도 했다. 세상을 떠난 뒤 그가 살았던 집의 벽지를 뜯자 벽면 가득히 시가 쓰여 있었다고 했다. 마치 임권택이나 곽경택의 영화 같은 서사라, 나는 무슨 대답을 해야 할지 알 수 없었다. 한참을 고민하다 결국 이런 질문을 던졌다.

"그분은…… 언제 돌아가셨어요?"

"어제. 지병으로."

지현과 나는 거의 감전된 것처럼 놀랐다.

"어, 어제라고요?"

김연수 작가님은 능청스럽게 말을 고치셨다.

"아, 실수. 몇 년 전에."

"아…… 네."

"그런데 놀라운 거 하나 더 알려줄까? 사실 그 사람을 처음 검거한 형사님도 지금 이 섬에 살고 계셔. 너희들도 아는 사람이야."

"네? 누구신데요?"

"고양이 카페 사장님."

해녀 출신의 사장님이 실은 형사였다고? 심지어 조직 폭력배를 잡아들이는 강력계 여성 형사? 그런데 지금은 고양이의 얼굴에 눈썹을 그리고 커피를 팔며 살아가신다고? 소설로 써도 개연성이 떨어진다고 욕먹을 만한 얘기였다. 입이 떡 벌어진 우리를 보며 김연수 작가님은 또다시 말을 바로잡았다.

"아, 아니다. 카페 말고 편의점 사장님."

"아, 선생님 제발요."

편의점 사장님이 경찰 출신이라는 얘기는 이미 전날에 들었던 터였다. 30년 경력의 작가 김연수 선생님은 말실수조차 드라마틱하게 각색할 줄 아는 분이었다. 이후로도 김연수 작가님의 가파도 정찰기(?)가 이어졌는데, 이를테면 이런 내용이었다.

가파도 사람들은 태풍이 오면 일제히 짐을 싸서 섬 밖으로 나간다. 배가 뜨지 않으면 관광객들이 오지 않고 어업도 할 수 없어 섬에 남아 있을 이유가 없기 때문이다. 주민들 중 상당수가 서귀포에 별장(?)을 두고 있어 태풍이 올 때마다 그곳에 머무른다고 한다. 더불어 가파도의 필수 가전은 '노래방 기계'라고 했다. 거의 모든 가구에 노래방 기계가 보급되어 있으며, 어업이 끝나고 휴농기가 되면 서로의 집에 모여 노래를 부르는 게 유일한 낙이란다. 코로나가 오기 전에는 마을회관에서 노래를 부르거나 윷놀이를 하는 모습을 심심치 않게 볼 수 있었다고 한다.

나는 몹시 신나는 표정으로 이야기를 이어가는 김연수 작가님을 보며 괜히 엉뚱한 서사를 구상하게 됐다. 언제나 체크무늬 셔츠를 입고 다니며 한없이 무해한 얼굴로 섬의 은밀한 비밀을 캐고 다니는 명탐정의 얘기를.

술이 다 떨어지고 김연수 작가님은 곧 라운지를 떠나셨다. 시종일관 집중해서 그의 말을 듣고 있던 송지현이 아쉬운 표정으로 내게 말했다.

"대학교 때 《7번 국도》를 읽고 그때부터 쭉 김연수 작가님 좋아했는데, 그 말을 못 했어. 사인 받고 싶었는데……."

나는 조금 놀랐다. 송지현이 누군가의, 그것도 작가의 팬이라는 말을 하는 것은 처음이었다. 다른 분야의 경우는 어떨지 몰라도 문학(혹은 출판)이라는 필드의 경우 10년 가까이 종사한 뒤에도 업계의 누군가를 전적으로 좋아하기는 꽤 힘든 일이다. 사람이든 풍경이든 멀리서 봐야 아름답기 마련이니까.

평소에는 처음 보는 사람 앞에서도 조잘조잘 잘만 떠들면서 꿀 먹은 벙어리처럼 조용하더니 다 이유가 있었다. 나는 그런 송지현이 귀엽다고 생각하며 다음에 마주치면 꼭 사인을 받으라고 놀렸다.

행사를 한 시간 앞두고 송지현의 핸드폰으로 몇 장의 사진이 도착했다. 배 위에 아슬아슬하게 설치된 텐트 안에 앉아 있는 초고 사장님의 사진, 제주항에서 운진항으로 향하는 시외버스에 놓여 있는 위스키병의 사진. 그리고 운진항에서 가파도로 오는 유람선의 사진까지. 바람이 많이 불어 혹여 결항이 될까 걱정스러웠는데 초고의 멤버들이 무사히 가파도에 도착한 것 같았다.

행사 40분 전 레지던시에 도착한 사장님은 사진보다도 훨씬 앳돼 보였다. 숏컷에 하얀 피부의 동행인도 있었는데, 초고의 직원분이라고 했다. 몹시 지쳐 보이는 그들에게 나는 얼른 냉수를 내드리고 커피 한 잔을 타드렸다. 그들은 마치 사하라 사막을 건너온 나그네들처럼 허겁지겁 음료를 마셨고, 그 모습에서 그들이 겪은 여정의 고단함이 느껴졌다.

그러거나 말거나 행사 시작 시각이 다 되어갔고 우리는 모두 부랴부랴 행사 준비를 하기 시작했다. 송지현과 나는 후줄근한 잠옷에서 행사용 옷(?)으로 환복했으며, 초고의 멤버들은 가방에서 핸드폰 거치용 삼각대와 탁상용 마이크를 꺼내 촬영 장비를 설치하기 시작했다. 그런데 그들이 가져온 장비의 상태가 심상치 않았다. 일단 핸드폰 거치대의 받침 부분이 깨져 노란색 박스 테이프로 아슬아슬하게 붙어 있었다. 게다가 탁상용 마이크 단자의 접촉이 불량한 탓인지 소리가 제대로 잡히지 않았다. 결국 나는 잽싸게 내 방으로 돌아가 (강의를 위해) 서울에서 가져온 삼각대와 유선 마이크를 들고 나왔다. 부랴부랴 삼각대를 세우고, 핸드폰에 유선 마이크를 연결했는데, 마이크 선의 길이가 짧아 거의 줄다리기를 하는 것처럼 팽팽하게 당겨졌다. 나는 핸드폰 카메라 뒤에 서 있는 직원분에게 마이크 선이 화면에 잡히지 않냐고 물었고, 그는 선이 거의 보이지 않는다고 그냥 이대로 진행을 하면 될 것 같다고 답했다.

빼곡히 놓여 있던 의자에 대여섯 명의 관객들이 앉아 있었다. 개중 몇 명은 내 또래 정도로 젊어 보였다. 행사 시간이 다 되어도 사람들이 더 올 기미가 보이지 않았다. 주민분들을 초대했던 큐레이터님이 발을 동동 구르자, 젊은 남성 관객분이 말씀하셨다.

"원래 여기 어르신들이 공수표 많이 날리세요. 그냥 시작하시면 될 것 같아요."

결국 우리는 제시간에 딱 맞추어 인스타그램 라이브를 하기 시작했다. 카메라가 켜진 후, 카메라 뒤에 서 있던 직원분이 입고 있던 카디건을 벗어 내밀었다. 치마를 입고 있는 송지현에게 건네주려고 하는데 직원분이 조용히 내게 말했다.

"박상영 작가님, 다리가…… 허벅지가…… 너무 많이 보여요."

상반신만 잡힐 줄 알고 반바지를 입고 온 탓이었다. 나는 쑥스러운 표정으로 직원분이 건네주신 카디건을 내 무릎에 걸쳤다(관객들 중 일부가 안도의 한숨을 내쉬었다). 이후 나와 송지현은 신들린 듯 행사 로봇이 되어 책 홍보에 나섰다.

한 시간여의 행사가 끝나고 우리는 기진맥진한 상태였다. 그런 우리보다 더욱 지쳐 보이는 것은 문학살롱 초고의 멤버들이었다. 사장님의 안색이 이전보다 더욱 창백해져 있었다.

"사실 저희가 오늘 한 끼도 못 먹고 여기까지 와서요. 혹시 뭐 좀 얻어먹을 수 있을까요?"

거의 성냥팔이 소녀와 같이 떨리는 목소리에 나는 얼른 냄비에 물을 올렸다. 마침 장을 보러 나갈 시즌이라 냉장고와 팬트리가 텅 비어 있었다. 급한 대로 나는 식빵 몇 장을 구워 주었고 초고의 멤버들은 게 눈 감추듯 식빵을 흡입했다. 송지현도 배가 고픈지 입맛을 다시고 있었다. 나는 세 명의 굶주린 남매를 둔 부모가 된 심정으로 남아 있는 파스타 면을 모조리 냄비에 쏟아 넣고, 양파와 팽이버섯, 양배추, 고기 등을 썰어 프라이팬에 볶기 시작했다. 크림과 토마토소스가 다 떨어져 하는 수 없이 굴소스를 넣고 내 나름대로 오리엔탈식 파스타를 만들었다.

내가 요리를 하는 사이 송지현과 초고 멤버들은 나를 위해 준비했다던 위스키를 꺼내 머그잔에 따라 마시기 시작했다. 위스키의 이름은 'Writers' Tears'였다. 나의 첫 책 《알려지지 않은 예술가의 눈물과 자이툰 파스타》에서 영감을 받아 골라 온 술이라고 했다. 완성된 파스타를 대접에 쏟아 식탁에 올려두자 세 명의 굶주린 여성들이 접시에 달려들었다. 그들은 순식간에 파스타를 먹어치운 뒤, 정말 맛있다며 감탄했다(텅 빈 그릇을 보며, 나는 새로운 파스타 레시피를 개발해냈음에 뿌듯함을 느꼈다). 나는 냉장고에서 김치와 멸치볶음, 김을 꺼내 와 그들의 옆에 앉아 밥을 먹기 시작했다.

어느 정도 허기가 가신 뒤 내가 직원분의 카디건을 계속 걸치고 있다는 사실을 깨달았다. 나는 뒤늦게 카디건을 돌려드렸다. 직원분은 밝고 청량한 미소로 "작가님, 좋은 냄새 나요"라고 대답해주셨다. 직원분이 작은 가방에 카디건을 집어넣었다. 그 작은 가방이 그들이 들고 온 짐의 전부였다. 나는 숙소에 짐을 두고 왔느냐고 물었다. 사장님은 해사하게 웃으며 말했다.

"저희 숙소 안 잡았어요. 캠핑하려고요."

"네? 어디서요?"

"기왕에 섬까지 왔으니까 추억도 만들 겸, 바닷가 근처에서 텐트 치고 잘 거예요."

늦가을, 풍랑주의보가 내리기 직전의 가파도. 카라반도 아닌 텐트에서 캠핑을 한다고? 나는 진심으로 그들의 생사가 걱정되기 시작했다.

"아무리 제주도라도 새벽에는 엄청 추울 텐데. 입 돌아가지 않을까요?"

"걱정 마세요. 침낭도 들고 왔어요."

두 젊은이가 텐트 속 침낭에서 오들오들 떨며 밤을 지새우는 모습을 상상하자 괜히 눈물이 차오를 것만 같았다.

"사장님, 그러다 정말 죽을 수도 있어요."

나는 라운지에 텐트를 치고 주무시면 어떻겠냐고 제안했지만 사장님과 직원분은 이미 짐을 모두 여객 터미널에 맡겨놓고 왔으니 걱정할 필요 없다고, 작가님에게 폐를 끼칠 수 없다고 말해주었다(그런 것치고는 이미 엄청난 먹성으로 나의 냉장고를 텅텅 비게 만들기는 했지만……).

위스키 한 병을 비우고 취기가 오른 우리는 서로의 인

생사를 나누기 시작했다. 초고의 사장님은 알고 보니 아직 대학 졸업도 하지 않은 20대 중반의 청년 사업가였다. 여러 지자체에서 창업 지원금을 받아 합정역 노른자위 땅에 호기롭게 문학 전문 바를 열었으나 무자비한 월세와 코로나에 맞서 싸우며 매일 고군분투 중이라고 했다. 함께 온 직원분도 사장님 또래로, 전직 여자 축구 선수였지만 부상으로 인해 축구를 그만둔 후 현재 진로를 탐색하고 있다고 했다. 한바탕 수다를 마친 뒤 그들은 자정이 다 된 시간에 우리가 건넨 생수와 간식을 챙겨 레지던시 건물을 떠났다.

나와 송지현은 이상하게 그들의 뒷모습을 보며 걱정과 동경이 섞인 부모의 미소를 짓게 되었다. 젊음 하나만으로 빛난다고 했던 웃어른들의 말씀이 무엇인지 알 것만 같았다. 대책 없는 패기와 날것의 열정으로 똘똘 뭉친 GEN Z의 초상을 바라보며 나는 내가 나이 들어가고 있다는 사실을 절감했다.

＊ 문학살롱 초고의 멤버들은 캠핑을 마친 뒤 무사히 제주 본섬으로 돌아갔다. 최소 몸살감기에 걸릴 것 같다는 내 우려와는 달리 서귀포에서 2박이나 더 관광을 즐기고 건강하게 서울로 귀환했다고 한다. 역시 젊음이란!

＊＊ 뒤늦게 문학살롱 초고의 인스타그램 계정에 올라온 영상을 확인한 나는 놀랐다. 마이크 선이 보이지 않는다는 말과는 다르게 화면을 가로지르는 팽팽한 선이 마치 컴퓨터용 사인펜으로 그어놓은 것처럼 선명히 보였다. 앞섶에 마이크를 차고 있는 송지현과 나는 마치 목줄을 맨 반려견 두 마리 같아 보였다.

＊＊＊ 알고 보니 미술관 입구에서 마주친 젊은 남성 직원 성진 씨와 행사장에 놀러 온 상훈 씨는 서울 출신의 청년 사업가들이었다. 그들은 또 다른 멤버 현정 씨와 함께 '위대한백수'라는 그룹을 결성해, 가파도의 집을 수리해 함께 살고 있다고 했다. 후에 나는 '위대한백수'들의 집에 초대받아 귀한 음식과 술을 대접받았다. 이후 이들은 KBS 〈인간극장〉에도 출연하는 등 매스컴을 통해 알려졌으며, 여전히 가파도에서 섬 주민분들과 더불어 살아가고 있다.

선녀탕에는 선녀가 없다

　행사를 마친 다음 날, 송지현과 나는 무사히 가파도에서 빠져나가, 서귀포 여행을 시작했다.

　가장 먼저 서귀포의 렌터카 업체에 들러, 오래된 연식의 아반떼를 빌렸다. 인터넷을 마르고 닳도록 뒤져 찾아낸 최저가의 차였다. 15년 차 파워 드라이버 송지현이 운전을 담당했다. 지현은 운전대를 잡은 뒤 연신 고개를 갸웃댔다. 차가 잘 나가지 않고, 특히 후진을 할 때마다 이상한 소리가 난다고 했다. 나는 싼 게 비지떡이라는 조상님들의 말을 되새기자고 지현에게 말했다. 여행 이튿날이 돼서야 우리는 사이드 브레이크를 제대로 올리지 않은 것을 발견했다. 사이드 브레이크 경고등이 고장 나 있던 탓이었다. 브레이크를 올린 차는 거짓말처럼 잘 나갔다. 우리는 우리가 하는 짓이 한심해서 한참을 웃었다.

황우지 해안에 있는 선녀탕에 갔을 때 많은 사람이 구명조끼를 입고 수영하고 있었다. 송지현과 나는 고민하다 차에서 수영복을 꺼내 왔다. 송지현은 해안가에 가기 전에 위치한 구명조끼 대여소에서 조끼를 대여하겠다고 했다. 나는 일곱 살 때부터 열세 살 때까지 아기 스포츠단 소속이었다는 점을 근거로 (실은 현금을 차에 두고 왔기 때문에 귀찮아서) 구명조끼를 빌리지 않았다. 날씨가 흐려졌고 파도가 더욱 거세졌다. 마치 워터파크의 파도 풀처럼 격렬한 파도가 쳤고, 사람들이 비명을 질러댔다. 송지현과 나는 두근대는 마음으로 물 안으로 들어갔다. 내 예상보다 물이 깊었다. 발이 닿지 않아 조금 놀랐지만 짐짓 여유로운 척 헤엄을 쳤다. 깊이 잠수했다 위로 올라가 호흡을 하려는데 파도가 내 얼굴을 덮쳤다. 다시 고개를 들어 숨을 쉬려는데 또 한 번 파도가 내 얼굴을 때렸다. 2미터쯤 앞에 동동 떠 있던 송지현이 깔깔대며 자신의 어깨를 잡으라고 했다. 이대로 두 번만 더 호흡을 놓치면 죽을 수도 있겠다는 생각이 들어 나는 사력을 다해 헤엄쳤고, 지현의 구명조끼를 움켜

쥔 채 필사적으로 숨을 몰아쉬었다. 송지현은 정말이지 지구가 떠나가라 웃었다. 호흡이 안정되었을 때 나는 얼른 바위 쪽으로 헤엄쳐 가 뾰족하게 튀어나온 부분을 손으로 움켜잡았다. 파도가 칠 때마다 자꾸만 손이 미끄러졌지만, 죽을힘을 다해 뭍으로 기어 올라갔다. 바다 수영의 무서움을 몰랐던 죄로 나는 입수 5분 만에 밖으로 나와 잔뜩 생채기가 난 손이며 다리를 보아야 했다.

송지현은 40분도 넘게 신나게 파도를 즐겼다. 심심해진 내가 그만 좀 밖으로 나오면 안 되냐고 소리를 지르자 그제야 밖으로 나왔다. (조금 전까지 목숨의 위기를 느낀 주제에) 나도 왠지 그냥 떠나기는 아쉬워 송지현의 구명조끼를 빌려 입고 다시 바다에 들어갔다. 물속에 들어가고 나서야 나 말고 아무도 없다는 것을 깨달았다. 저녁이 되어 수위가 더 높아져 있었다. 그럼에도 나는 브이를 하며 필사적으로 사진을 찍었다. 바깥으로 나가기 위해 바위를 잡았는데 자꾸만 몸이 미끄러졌다. 아무래도 내 몸이 무거워 손가락의 힘이 무게를 견디지 못하는 것 같았다. 몇 번의 시도 끝에 간신히 육지로 올라왔다. 내 앞에 서 있던 스쿠버다이버가 "괜찮으세요?"라고 연신 물어봤다. 나는 가까스로 웃으며 괜찮다고 했다. 송지현은 이 모든 장면을 동영상으로 찍어놓았다. 영상 속의 나는 정말 다급한 표정으로 동아줄처럼 바위를 붙잡고 있었고, 그 표정이 너무나도 절실해 조금 웃겼다. 송지현은 아직까지도 우울할 때마다 그 영상을 틀어본다고, 자신의 웃음 버튼이라고 했다.

나는 좋은 친구를 두었다.

✳

10월, 큰이모가 돌아가셨다. 암은 외가의 오랜 집안 내력이다. 외할머니도 암으로 돌아가셨고 우리 엄마도 암이 발견되어 수술을 한 적이 있다. 큰이모의 경우는 예후가 좋지 않았다. 여러 군데 전이가 되었고, 불을 끄듯이 계속 수술과 입원, 퇴원을 이어갔다. 4년 동안 암 투병을 하셨기에 큰이모의 비보에 충격을 받지는 않았지만, 몹시 헛헛하고 허망했다. 다정하고 사려 깊은 분이었다.

나는 제주도에서 급하게 비행기를 타고 외가인 충청도로 향했다. 오랜만에 이모들과 엄마를 만났다. 결혼은 언제 하느냐고 성화인 엄마와 이모들에게 얼른 내 핸드폰을 쥐여주었다. 지금 내가 지내고 있는 레지던시와 가파도의 사진을 보여주며 말을 돌렸다. 이모들은 연신 절경이라는 말을 했다. 그들에게 제주도와 가파도에 놀러 오면 숙소를 잡아주겠다고 큰소리를 쳤다.

엄마와 이모들이 3주 뒤 정말로 제주도에 놀러 왔다. 큰이모의 빈자리가 자꾸 느껴진다며, 우울감을 떨칠 수 있도록 여행을 하고 싶다고 했다. 나는 서귀포의 호텔과 가파도 입구에 있는 펜션을 예약한 후 인근의 맛집 리스트를 엄마에게 보냈다. 엄마와 이모들이 여행하는 내내 풍랑주의보가 내려졌고 결국 엄마와 이모들은 가파도에 들어오지 못했다. 즉, 나를 만나지 못했다. 그게 다행인지 불행인지 알 수 없었다.

11월 한 달 동안 나는 총 아홉 번 비행기를 탔다. 그중 일곱 번은 김포공항과 제주공항을 오갔고, 나머지 두 번은 제주에서 김해, 김해에서 김포로 가는 비행편이었다.

30인치짜리 트렁크에 온갖 살림살이를 싸서 갖고 다니다 손목이 상해버렸다. 타자를 칠 때마다 왼쪽 손목이 시큰거려 혹시 글 쓸 때 문제가 생길까 봐 걱정이 됐다. 정형외과에 갔더니 그냥 단순한 근육통이라며 물리치료를 해주었다. 그 후로도 손목은 자주 아팠다.

어쩌면 사는 건 몰랐던 통증을 늘려가기도 하며, 그

통증에 익숙해지기도 하는 그런 것일지도 모르겠다는 생각을 했다. 울적하기도, 담담하기도 한 생각이었다.

가파도에 묵는 마지막 주, 나는 매일 산책을 했다.

며칠 만에 공기의 냄새가 바뀌어 있었다. 섬의 식생도 바뀌었다. 모르는 꽃과 빛깔이 생겨났다. 억새가 흩날리는 방향으로 바람이 불었다. 남쪽 섬이라 가을 겨울이 별로 춥지 않을 줄 알았는데, 바람이 제법 찼다. 오히려 서울보다 더 추운 것 같기도 해서 신기했다.

많이 쌀쌀하지만 걷기에 좋은 온도였다. 섬에 들어와서 처음으로 한마디도 안 하고 계속 길을 걸었다. 바다만 보고 있어도, 사방을 바라보기만 해도 온갖 감정이 피어올랐다. 아쉽고도 후련한, 말로 표현할 수 없는 복잡한 감정이었다.

가파도에 묵는 마지막 날, 레지던시의 주최로 전시회를 열었다. 유쾌하고 다정한 줄리아는 싸리 빗자루와 공병, 폐비닐로 훌륭한 미술 작품을 만들었다. 김연수 작가님은 가파도 생활 내내 분신처럼 들고 다녔던 수첩을 전시해놓으셨다. 그것을 한 장씩 넘겨보며 구부정한 자세로 주민들의 비밀을 캐고 다니는 탐정 캐릭터를 조금 더 구체화할 수 있었다. 유비호 작가님은 가파도의 하늘을 찍은 사진 작업과 영상 작업을 전시하셨으며, 〈빅뱅 이론〉의 셸던과 같은 모델의 노트북을 쓰는 한스는 가파도 레지던시의 구조를 본뜬, 지하 벙커 구조물의 목업 샘플을 3D 프린터로 제작해 전시했다. 나는 기존에 녹음해놨던 《대도시의 사랑법》의 오디오북을 전시장에 틀어놓고, 내 책의 구절을 나무판에 새긴 작품을 전시했다. 우리 모두가 같은 공간에서 너무 다른 색깔의 작업을 해왔다는 게 이상하게 감동적으로 느껴졌다.

전시장을 등지며 나는 레지던시 건물 밖으로 나섰다.

처음 가파도에 도착했을 때 여객 터미널 옆 인공수영장의 물이 다 빠져나가 바닥이 보였던 게 생각났다. 수영장 한편에 설치된 미끄럼틀이 생뚱맞아 보일 정도로 물이 바짝 마른 모습이었다. 태풍이 지나간 후 몇 번의 세찬 비가 내렸고, 계절이 바뀐 뒤 인공수영장은 바닷물이 가득차 있었다. 가파도에서 겨울은 바닷물이 점점 더 육지를 향해 들이쳐오는 계절인 것 같았다. 누구에게는 한없이 당연한 자연 현상일 텐데 나는 그게 신기했다. 이제는 누가 봐도 훌륭하게 구색을 갖춘 바닷가의 수영장이 되었으나, 정작 날씨가 추워져 아무도 저곳에 들어갈 생각은 할 수 없을 것이다.

몇 번의 물이 더 마르고 또 차올라야 내가 다시 이곳에 올 수 있을까.

가파도에서의 생활이 나에게 자유와 휴식의 동의어가 되어주지는 못했다. 그러나 세상 어딘가에 이런 형태의 삶이 존재한다는 것을 알게 해주었다는 것만으로도 충분했다. 이제 가파도를 떠나야 하지만, 때때로 숨이 막히게 힘든 일을 마주할 때마다 소란하고도 고독한 이 공간을 떠올리는 것만으로도 숨통이 트일 것 같았다.

아주 오랫동안, 어쩌면 죽을 때까지 나는 이곳을 그리워할지도 모르겠다는 생각을 했다.

3부

억지로 쉼표 찍기

감정의 경제성

    2016년 7월은 내게 조금 각별했던 시기였다. 과장이 심해 '박과장'이라는 별명을 가진 나답게 표현해보자면 인생이 두 개로 쪼개진 시점이라고 표현해도 될 만큼 대사건이 벌어졌다. 문학동네 신인상에 당선돼 '등단'이라는 것을 한 게 바로 그것이다.

    당선 전화를 받았을 때 나는 서울역에 있었다. 서울의 대형 병원에 정기 검진을 받으러 오는 엄마를 기다리던 중이었다. 엄마가 탄 기차가 연착됐고, 날씨는 기록적으로 더웠다. 그날 나의 일정은 몹시 바빴다. 엄마와 간단히 식사를 한 후 송지현과 함께 드라마 제작사에 미팅을 가야 했다. 송지현과 내가 함께 쓴 웹드라마 대본이 콘텐츠진흥원 지원사업 1차 관문을 통과했고 2차 전형인 면접을 보기 위해서 서울숲에 있는 제작사 사무실로 오라는 연락을 받았기 때문이었다. 나는 맥도날드에 들어가 시원하지도 않은 에어컨 바람을 쐬며 서울역에서 서울숲으로 갈 수 있는 최단 거리를 검색하고 있었다. 그때 모르는 번호로 전화가 걸려 왔다. 핸드폰 너머 낯선 목소리는 자신을 문학동네 편집부 소속이라고 소개했다. 그 말을 듣는 순간 나는 알아챘다.

'내가, 드디어 작가가 됐구나.'

곧장 아빠에게 전화를 걸어 당선 소식을 알렸다. 아빠는 가문의 영광이라고 한참을 기뻐한 뒤, '동네방네'로 등단하는 게 좋은 거냐고 되물었다(남의 말을 잘 듣지 않는 건 부계유전 때문인 것 같다). 곧 엄마가 서울역에 도착했고 계단을 걸어 올라오는 그녀를 향해 문학동네 신인상을 타게 됐다고 외쳤다. 엄마는 내게 그럴 줄 알았다고 소리쳤다(엄마는 좋은 일은 주님이 예비한 것이며 자신은 이미 모든 것을 알고 있었다고 말하는 습관이 있다). 뭘 그럴 줄 알았는지는 모르겠지만 아무튼 우리는 사람 많은 역사에서 얼싸안고 계속 비명을 질렀다. 주변의 모든 사람이 우리를 쳐다봤다(큰 목소리와 연극적인 성격은 모계유전인 것이 분명하다).

내 소설과 수상 소감이 실린 계간《문학동네》가 나왔을 때 (너무 소소해서 아무도 눈치챌 수 없을 만큼의) 파란이 일었다. 소설의 내용도 내용이지만, 수상 소감 속에 있는 한 인물의 이름이 주목을 끌었다.

나에게 타인에 대한 관심이 무엇인지, 인간의 온기가 무엇인지 가르쳐준 이금희 선생님께 감사의 말씀을 전한다.

'이 이금희가 그 이금희가 맞느냐'와 같은 종류의 일련의 질문들이 이어졌다. 결론부터 얘기하자면 '이 이금희가 그 이금희'가 맞다.

아나운서 이금희.
대한민국에서 그녀를 모르는 사람을 찾기는 쉽지 않다. '이산가족 찾기'가 한창일 때 무릎을 꿇고 시민들을 인터뷰하던 모습부터, 〈TV는 사랑을 싣고〉, 〈인간극장〉, 〈아침마당〉, 그리고 〈사랑하기 좋은날 이금희입니다〉 같은 간판 프로그램의 진행자로 우리에게 너무 친숙한 모습까지. 30년이 넘는 시간을 대중과 함께 소통해왔기에 사실상 현대사의 일부로서, 한국 사회의 공기에 스며들어 있는 존재라고 봐도 과언이 아닐 거다.

그녀의 존재는 나에게 조금 더 각별한 의미를 갖는데, 사실 대학 시절 가장 큰 영향을 준 은사이기 때문이다. (박 과장답게) 과장을 조금 보태자면 내가 작가의 길로 들어서는 데 결정적인 역할을 한 존재이기도 하다.

사실 나는 어릴 적부터 글 쓰는 것과 말하는 것을 좋아했다. 이따금 학교 백일장이나 토론 대회에서 상을 받기도 했기에, 대학을 진학할 때도 막연히 글을 쓰고 말하는 직업을 가져보면 어떨까 하는 생각을 했다. 갓 스무 살이 된 내가 알고 있는, 글 쓰고 말하는 직업이라고 해 봤자 언론인이 거의 전부였다. 때문에 별 고민 없이 복수전공으로 신문방송학을 선택했다. 사실 작가라는 직업(그리고 글쓰기에 관련된 전공)을 생각해보지 않은 것은 아니었지만, 모름지기 작가라는 것은 뭔가 특별하고 조금은 이상하기까지 한 사람들이나 할 수 있는 (기행에 가까운) 직업이라는 생각이 들었고, 내가 닿기에는 너무 먼 영역인 것만 같았다.

그렇게 선택한 학과에 당연히 잘 적응하지 못했고, 학사 경고를 받고, 군대를 다녀오는 등 대학생들이 하는 방황을 빠짐없이 다 하며 3학년이 되었다. 다른 많은 복학생이 그렇듯 더 이상 쓰레기처럼 살지 않겠다고 마음을 다잡으며 수강 신청을 하려는데, 불행히도 해당 학기에 방송 실무를 경험해볼 수 있는 실습 수업이 많이 개설되지 않은 상태였다. (평소에는 한없이 게으르고 수동적이지만) 일단 칼을 빼들면 강아지풀이라도 베어야 직성이 풀리는 나는 학교 홈페이지를 구석구석 뒤지며 방법을 찾아냈다. 한 학기 최대 9학점까지 타 대학 교환 수업 프로그램을 이용할 수 있다는 공고가 떠 있었다. 그길로 나는 언론 계열 강의가 많은 숙명여대에서 '방송 제작 실습' 수업을 수강하기로 결정했다. 그 수업의 교수님이 바로 이금희 선생님이었다.

이금희 선생님을 처음 만났을 때 나는 충격을 받았다. 화면에서 보이는 것보다 더 작은 체구와 진한 이목구비에 한 번 놀랐고, 방송에서 듣던 것보다 훨씬 더 또렷하고 듣기 좋은 음성에 두 번 놀랐다. 마이크를 사용하지 않을 때도 강의실 맨 끝자리까지 목소리가 또렷이 전달되어 학생들 모두가 사로잡힌듯 수업에 집중하고는 했다.

이 수업에는 특별한 점이 몇 가지 있었다. 일단 방송에 대한 이론 수업과 더불어, 매주 초청 연사들의 강연이 이어졌는데 손석희·이정민 아나운서, 서경덕 교수 등 유명 인사부터, 선생님의 수업을 듣고 언론사에 취직하거나 세계 일주를 마치고 책을 출간한 선배 등 다양한 졸업생들까지 포함되어 있었다. 어디에서도 접할 수 없었던 현업 종사자들의 생생한 이야기를 들으며, 나도 언젠가 그럴듯한 유명 인사가 되어 선생님의 수업에 서고 싶다는 꿈을 꾸기도 했다.

매주 수업이 시작될 때마다 이금희 선생님의 양손에는 무언가 가득 들려 있었다. 수업을 듣는 학생들을 위해 간식거리를 사 오신 거였다. 그중에는 태어나서 처음 보는 전통 과자와 양과자도 있었다(나는 살면서 이금희 선생님처럼 다종다양한 맛집을 알고 있는 사람을 본 적이 없다). 우리는 그것을 먹으며 세상에 이토록 많은 종류의 디저트가 있음에 감탄하고는 했다. 때로는 당대의 중요한 사회 서적이나 석학의 책을 학생들에게 선물해주시기도 했다. 하도 많은 것들을 학생들 손에 쥐여주시고 퍼주시는 통에, 한번은 어떻게 그러실 수 있는지 여쭤본 적도 있었다. 이금희 선생님은 뭐 그런 뻔한 걸 묻냐는 듯한 말투로 이렇게 말씀하셨다.

"너희들이 나에게 준 것을 되돌려주는 것뿐이란다."

다른 사람이 했으면 조금은 느끼하게 들렸을 그 문장이, 이금희 선생님의 입에서 흘러나오는 순간 이상하게 마음이 요동쳤다. 아마도 으레 하는 말이 아닌, 진심이 담뿍 담긴 말이라서 그랬을 것이다.

이금희 선생님이 학생들에게 '되돌려준' 것은 물질적인 것뿐만이 아니었다. 선생님은 한 학기 동안 수업을 수강하는 모든 학생들과 일대일로 티타임을 가졌다. 한 사람당 할당된 시간은 30분이었는데, 말이 좋아 30분이지 선생님 앞에서 눈물을 펑펑 쏟으며 인생사를 털어놓느라 한 시간을 훌쩍 넘기는 학생들도 부지기수였다. 선생님은 학생들이 정신없이 울먹이는 동안 긴 시간을 묵묵히 기다려주었다. 나는 그게 참 신기했다.

내 차례도 마찬가지였다. 내 말에 귀 기울이는 선생님의 진심 어린 얼굴 덕분에 그 누구에게도 하지 못했던 이야기를 모조리 털어놓았던 기억이 아직도 생생하다. 티타임 말미에 선생님께 여쭈었다.

"선생님, 근데 이 많은 학생의 이야기를 들으시면 안 힘드세요?"

선생님은 마치 산들바람처럼 가벼운 말투로 덧붙였다.

"몸은 힘든데 마음은 전혀. 나는 들어주는 게 더 좋거든."

"들어주는 게 좋으신데…… 아나운서 일을 어떻게 하세요? 말하는 직업이잖아요."

"사람들이 보통 그렇게 생각하곤 하는데, 사실 아나운서만큼 많은 사람의 말을 듣는 직업이 어딨겠니. 이야기를 들어주는 게 재미없었으면 이렇게 오랫동안 이 일을 하지 못했을 거야."

생각해보니 화면 속에서 봐왔던 이금희 선생님은 말을 하기보다는 고개를 끄덕이며, 언제나 온화한 표정으로 타인의 말을 경청하는 모습이었다. 선생님은 방송국에서 일하는 동안 족히 수만 명도 넘는 사람들의 이야기를 들어왔다고 했다. 누구보다도 주목받고 화려한 삶을 살고 계실 거라 생각했는데 선생님 일상의 중심은 언제나 타인을 향해 있었다.

실제로 이금희 선생님은 인공위성에 달린 초정밀 레이더처럼 타인을 예민하게 감지하고, 상대방에게 결핍된 것이 무엇인지 파악한 다음 그것을 채워주는 능력이 탁월했다. 친절이 필요한 사람에게는 미소를, 대화가 필요한 사람에게는 대화를, 당분이 필요한 학생들에게 다과를 제공하는 선생님의 모습에 나는 자주 놀랐다. '나의 말'을 하고 싶어서, 나 자신을 표현하고 싶어서 신문방송학과에 진학한 나는, 당시 나 자신을 지키며 세상에 맞서 싸워야 한다는 강박에 시달리고 있었다. 나만의 것, 내 영역, 나 자신을 애써 부르짖지 않으면 아예 내 삶이 무너져 내릴 것만 같다는 망상에 시달리며 방어적 태도로 삶을 살아가던 나에게,

이금희라는 존재는 상쾌한 충격을 주었다. 교과서에 등장할 만큼 뻔한 명제인 '더불어 사는 삶'의 현현을 태어나서 처음으로 목격한 것 같은 느낌이었달까.

수업 마지막 날, 이금희 선생님은 나에게 이런 말씀을 해주셨다.

"상영아, 너는 너만의 길을 가렴. 너는 그럴 수 있는 사람이란다."

평범하다면 평범할 수 있는 그 한마디가 유달리 마음에 남았다.

그 후 나는 언론사를 포함한 여러 회사에 다녔지만 결국 정착하지 못했고(즉, 조직에 동화되어 사는 데 실패했고), '내 얘기'를 하고 싶다는 욕망을 이기지 못해 소설을 쓰기 시작했다. 긴 노력과 시간을 거쳐 작가가 되었다. 그동안 이금희 선생님이 내게 해준 말, '너만의 길을 가'라는 말이 이정표가 되어주었음은 물론이다. 그러니 마침내 작가가 되었을 때 이금희 선생님이 가장 먼저 떠오른 것은 어쩌면 당연한 일일지도 모르겠다.

어떻게 해서든 이금희 선생님께 나의 등단 소식을 전하고 싶었지만, 6년 만에 갑자기 연락을 하는 게 괜히 부끄러웠다(그렇다. 파워 외향인, ENFP의 사전적 정의와도 같은 성향인 나 역시 때로는 부끄러움을 느낀다). 선생님의 연락처를 가지고 있었지만 아직도 사용하는 번호인지 알 수 없었고, 심지어 많고 많은 제자 중에서 나를 기억하시는지조차 확신할 수 없었다. 선생님을 부담스럽게 하지 않으면서도 확실하게 나의 등단 소식을 전할 방법을 찾아야 했다. 고민에 고민을 거듭하다 결국, 나는 방법을 찾아냈다.

지구는 둥글기 때문에 자꾸 걸어 나가면 언젠가는 다 연결이 된다는 말이 있듯(없나?) 이금희 선생님과 나를 연결해줄 고리는 뜻밖에 아주 가까운 곳에 있었다. 바로 소설가 송지현이었다. 문단의 알바몬, 송지현은 당시 KBS 클래식FM 라디오에서 보조 작가로 일하고 있었다. 마침 송지현이 일하는 사무실의 바로 옆 스튜디오에서 〈사랑하기 좋은 날 이금희입니다〉의 녹음이 진행된다고 했다.

나는 밀서를 보내는 스파이처럼 은밀히 작업을 진행했다. 내 신인상 수상 작품이 담긴 계간《문학동네》의 빈 페이지에 이금희 선생님께 드리는 편지를 썼으며, 혹여 선생님께서 내 수상 사실을 눈치채지 못하실까 봐, 수상 소감 페이지에 플래그까지 달고 내 연락처를 표기한 포스트잇까지 붙여놓았다. 나는 송지현을 만나 계간《문학동네》를 건

넸고, 무사히 전달할 것을 요구하며 대가성 커피까지 사 주었다. 얼마 지나지 않아 송지현에게서 책을 잘 전달했다는 메시지가 왔다.

그리고 기나긴 기다림이 시작되었다. 하루가 지나도 일주일이 지나도, 선생님께 연락이 오지 않았다. 나는 애꿎은 송지현에게 제대로 책을 전달한 게 맞느냐고 닦달을 했고, 지현은 여느 때처럼 매우 무심한 어조로 '응'이라고 대답을 해왔다. 저녁 라디오에서 선생님의 목소리가 흘러나올 때마다 헤어진 연인의 목소리를 마주한 것처럼 아련한 눈빛이 되고는 했다.

그렇게 계절이 바뀔 때쯤 메시지 하나가 왔다.

─작가님께 밥 한 끼를 청해도 될까요? ^^ ─이금희

눈물이 날 만큼 반가웠다.

나는 바로 약속을 잡고 경복궁 주변의 한 고즈넉한 음식점에서 이금희 선생님과 마주했다. 6년 만에 보는 것이었음에도 마치 어제 만난 것처럼 친근하고도 반가운 기분이 들었다. 이금희 선생님께서도 마찬가지였는지 우리는 순식간에 전투 수다 모드가 되어서 그간의 삶을 나누었다.

"선생님 그때 박사 논문 쓰시던 거 기억나세요?"

"어머나, 그때가 그때였니?"

"네. 그래서 매번 수업 끝나고 사무실 가셔서 밤새워 논문 쓰고 그러셨어요."

"그때 그랬었지. 한창 힘들 때 널 만났구나. 그나저나 네가 소설가 선생님이 되다니. 소식 듣고 얼마나 놀랐는지 모른단다."

"정말요? 저는 수업 마지막 시간에 선생님께서 저만의 길을 가라고 해서, 당연히 예술 계통의 일을 하라는 말씀인 줄 알았어요. 우주에서 제일 교과서 같은 분이 저만의 길을 가라고 하시니까……."

"어머 진짜? 그땐 사실 네가 기자가 될 줄 알았지. 소설가가 될 줄은 몰랐어."

"정말요? 작은 오해가 절 여기까지……. 그거 말고 또 기억나는 게 있는데, 그때 저희한테 먹을 걸 너무 많이 사주셔서 제가 선생님께 얻어먹기만 해서 죄송하다고 하니까, 선생님께서 나는 시간이랑 남자 빼고 모든 게 다 많단다,라고 하셨던 거……."

"그래, 그때 한창 그걸 밀고 있었지."

"선생님, 그래도 이렇게 나와주셔서 감사해요. 많고 많은 학생 중에 절 기억하실 줄 몰랐어요."

"너를 기억하지 않을 수 있겠니? 너도 참, 널 모르는

구나."

"그런가요? 호호호."

"나는 그 후에도 네가 했던 말이 몇 번 기억났어. 나를
두고 감정의 경제성이 뛰어난 것 같다고 했던 것."

감정의 경제성.

그것은 내가 이금희 선생님을 보면서 가장 자주 떠올
렸던 키워드이기도 하다. 선생님은 모든 종류의 자극에 쉬
이 연연하지 않는 사람이다. 선생님의 삶은 지나온 과거나
먼 미래에 있지 않았다. 지금 이 순간 내가 할 수 있는 일에
최선을 다하며 지나간 일에 머무르지 않는다. 감정의 괴물
인 나라면 족히 몇 달을 잡고 늘어질 만한 사건이 닥쳐도
이금희 선생님은 금세 훌훌 털어버리고 앞을 향해 걸어가
는 사람이다. 지금 좋으면 미련 없이 모든 것을 내어주고,
그러다 인연이 다 되면 또 후회 없이 앞으로 저벅저벅 걸어
가는 삶. 미움과 슬픔뿐만 아니라 후회, 비뚤어진 애착과
같은 감정들도 선생님의 사전 속에는 들어갈 일이 없을 것
만 같았다. 나는 이금희 선생님을 볼 때마다 세상만사에 통
달해 언제나 웃고 있는 도인과 같은 모습이 겹치고는 했다.

"맞아요! 선생님을 뵐 때마다 가장 부러웠던 게 그거
였어요. 30대가 된 지금도 전 감정 조절이 안 돼서 죽겠다

니까요."

　"그러니까 네가 작가가 된 것 아니겠니?"

　듣고 보니 그 역시 맞는 말이었다.

조인 마이 테이블

가파도 레지던시 입주를 앞두고 있던 때, '왓챠'의 임경아 PD님에게서 연락이 왔다. 일찍이 〈스트리트 푸드 파이터〉 등의 작품을 제작하는 등 화려한 이력을 자랑하는 분이었다. PD님은 전국의 해외 이주민들이 차린 식당을 돌아다니며 세계 음식과 문화를 소개하는 프로그램을 구상하고 있는데, 나를 MC로 섭외하고 싶다고 하셨다. 덜컥 겁이 났다. 예능 프로그램을, 그것도 음식과 문화를 다루는 프로그램을 진행하기에는 내 역량이 따라주지 않을 게 뻔했다. PD님은 아무것도 인위적으로 할 필요가 없고 그저 한국에 정착한 외국인들의 삶을 들여다보고, 그들이 지나쳐

왔던 공간들을 자연스럽게 즐기고 맛있는 것을 먹고 오기만 하면 된다며 나를 안심시켰다. 그저 자연스럽게 즐기기만 하면 된다는 말에, 그리고 "진실한 반응을 보이는 데 작가님만큼 적합한 사람은 없다"는 말에 마음이 흔들렸다. 사람들의 삶을 들여다보고 그들의 발자취를 좇고, 마음속에 들어가보는 것은 그동안 내가 소설을 써온 과정과도 크게 다르지 않았다. 이틀 동안 고민한 뒤 제의를 수락했다.

그리고 정확히 3개월 뒤, 나는 제주도의 '책방 무사'에서 이금희 선생님과 마주하게 되었다. 예능 프로그램 〈조인 마이 테이블〉의 공동 MC라는 무거운 직책으로! 10년 전 사제지간으로 만난 선생님과 나란히 서서 프로그램을 진행하다니, 낯선 상황에도 좀체 긴장하지 않는 성격이지만 이상하게 떨리는 기분이 들었다. 물론 긴장은 찰나에 불과했고 이내 나는 이금희 선생님께 너스레를 떨었다.

"선생님, 혹시 제자 중에 선생님이랑 같이 MC를 본 사람이 있나요?

"네가 처음이란다."

"이쯤 되면 제게 애제자라는 호칭을 붙여도 되지 않을까요?"

"처음부터 그 말을 듣고 싶었던 거지?"

"어떻게 아셨지."

"이제 난 널 좀 알게 됐단다."

그렇게 정신없이 촬영을 마친 뒤 우리는 책방 무사 맞은편에 위치한 카페 공드리에서 요조 누나와 함께 둘러앉아 이야기를 나누었다. 요조 누나와는 한 일간지에서 인터뷰어와 인터뷰이로 만났는데, 그 이후로 그녀가 진행하는 팟캐스트에 출연하기도 하고, 다양한 책 관련 행사에서 마주치며 꽤 친해진 사이였다(나 혼자만의 일방적인 생각일 수도 있지만……). 요조 누나는 요조 누나답게 느릿느릿한 어조로 꽤 그럴듯하게 웃긴 말을 했으며, 이금희 선생님도 역시 이금희 선생님답게 교과서 같은 말을 (진심을 담아) 하셨다. 나도 나답게 헛소리를 늘어놓았는데 그게 참 좋았다. 양지바른 언덕에 누워 있는 것 같은 기분이었다.

그 뒤로 이어진 〈조인 마이 테이블〉 촬영은 녹록지 않았다. 아침 일찍부터 시작되는 촬영 때문에 나와 이금희 선생님은 새벽 4시쯤 일어나 준비를 해야만 했다. 게다가 〈조인 마이 테이블〉은 단순히 대본대로 대화를 주고받는 프로그램이 아니었다. 사실 전통적인 의미의 '대본'은 존재하지조차 않았다. 다만 제작진이 매주 여행하는 도시에 대한

가이드북 한 권을 만들어 건네주셨다. 거의 돈을 받고 팔아도 될 정도로 훌륭한 퀄리티의 가이드북 덕택에 정보를 한눈에 파악하기 쉬웠지만, 이주민들이 살았던 나라의 역사부터 우리가 여행할 도시의 특색, 오늘 먹을 음식의 기원까지 담겨 있는 통에 숙지해야 할 내용이 상당히 많았다. 게다가 당시 나는 《1차원이 되고 싶어》 후반 작업과 홍보 일정을 소화하던 중이었다. 녹화 전날 밤까지 가이드북을 붙들고 외우다 잠드는 일이 다반사였다. 선생님 역시 매일 라디오 프로그램을 진행하면서 나와 똑같은 살벌한 일정을 소화하셨다. 매일 아침 만날 때마다 나는 선생님께 앓는 소리를 했다.

"선생님, 저 하나도 못 외웠어요. 오늘은 진짜 선생님한테 기대서 가려고요."

"그래 놓고 네가 혼자서 다 말할 것을 난 알고 있단다."

"아니에요. 진짜 하나도 모르겠어요."

그리고 슛이 들어가면 정말, 나 혼자 떠드는 일이 계속됐다.

두 달 가까이 되는 촬영 기간 동안 이금희 선생님과 나는 전국 방방곡곡의 온갖 좋은 곳을 다 다녔다. 천성이 게으르고 새로운 것을 시도하기를 귀찮아하는 나로서는 살아생전에 가보지 못했을 곳들이었다. 이금희 선생님과 내가 차에서 내리자마자 감탄을 하는 일들이 반복됐다. 멋진 풍경뿐만 아니라, 도시와 장소에 아름다운 사연까지 듬뿍 녹아들어 있어, 여행이 줄 수 있는 카타르시스가 이런 것이구나 깨달았다. 이런 진기한 경험을 하게 해준 제작진에게 되레 돈을 드려야 하는 게 아닌지 고민이 될 정도였다.

임경아 PD님과 이화신 작가님을 비롯한 〈조인 마이테이블〉의 제작진은 정말이지 대단한 분들이었다. 이금희 선생님과 내가 도착하기 전에 미리 장소 섭외와 촬영 준비를 완벽히 마쳐놓으신 제작진 덕분에 우리는 어떤 제약도 없이 자유롭게, 그리고 편안하게 여행을 하며 대화를 나눌 수 있었다. 그래서 짧지 않은 기간 동안 전국을 돌아다니며 수많은 장소에서 촬영을 했음에도 작은 사고 한 번 일어나지 않았다. 꼼꼼한 사전 조사와 여러 번의 답사가 전제되어 있기에 가능한 일이었다는 게 너무나도 느껴져, 사회인으로서도 창작자로서도 존경심을 가지게 되었다. 제작진은 나보다도 더 잠을 못 자고 고된 업무를 하고 있음에도 언제나 웃고 있었다. 심지어 비가 주룩주룩 내려 신발이 온통 젖은 채로도 허허 웃고 있는 것을 보며 '졌다'는 생각을 했다. 나는 제작진에게 자주 이런 말을 했다.

"〈조인 마이 테이블〉 팀이랑 함께 있으면 꼭 제가 정화되는 것 같은 기분이에요."

나는 제작진에게 '천사들의 합창'이라는 별명을 지어 드렸다. 촬영도 일인지라 몹시 고됐지만 그들과 함께하는 시간이 줄어가는 게 아까워, 시즌 10까지 이 프로그램을 하고 싶다고 말할 정도였다(일을 더 하고 싶다고 말한 적은 태어나서 처음이었다). 그것은 방송 경력이 30년도 넘는 이금희 선생님 역시 마찬가지인 듯했다. 언제까지고 계속하고 싶은 프로그램이라고, 몇 번이고 말씀하셨으니까.

국민 아나운서 이금희,라는 타이틀에 걸맞게 전국 어디를 가든 거의 모든 사람이 이금희 선생님을 알아보았다. 선생님을 보기 위해 몰려든 상인들과 손님들로 시장 일대가 마비된 적도 있었다. 심지어는 밥을 먹기 위해 들어간 식당의 중국인 종업원도 선생님의 얼굴을 보자마자 입을 떡 벌리고 놀랄 정도였다. 선생님께서 오래 진행했던 교양 프로그램이 KBS 월드 채널을 통해 전 세계에 송출됐기 때문이라고 했다.

이금희 선생님은 제주도에 살고 있는 예멘 난민을 만날 때나, 광주의 고려인 음식점을 찾았을 때, 평택의 미군을 만날 때도 언제나 한결같은 모습이었다. 상냥하고 호기심 많은 인간 이금희의 모습으로 상대방에게 질문하고, 그들의 이야기를 소화하고 또 다른 질문을 이끌어내고 있다는 것을, 그야말로 사전적 정의와도 같은 '소통'이 이루어지고 있다는 것을 나는 느낄 수 있었다. 냉소를 갑옷처럼 두르고 있는 나 같은 사람으로서는, 맨몸으로 그 모든 관계의 상호작용을 받아내고 있는 그녀가 대단해 보였다. 매일 새벽같이 일어나 생방송을 소화하고, 모르는 사람들의 이야기를 경청하고, 사려 깊게 고민하고, 또 따뜻한 미소를 전하는 그녀를 보며 한번은 이런 질문을 던지기도 했다.

"선생님, 평생 전 국민이 모두 알아보는 삶은…… 어떤 삶이에요?"

"난 그 정도는 아니란다."

(선생님은 과장법을 절대 허용하지 않는 사람이다.)

"휴, 또 이러시네……. 그렇다면 자주 주목받는 삶은…… 어떤가요?"

"난 사실 주목받는 걸 그다지 좋아하지는 않는단다."

말하는 걸 좋아하지 않고, 주목받는 걸 좋아하지 않는 사람이 평생 아나운서로, 방송인으로 살 수 있다니……. 형용모순 같은 그 말이 진심이라는 것을 이제는 믿을 수 있다. 하루 대부분을 혼자 보내는 '작가'라는 직업을 가진 나야말로 실은 주목받는 게 어렵지 않다. 사실 나는 소심한 사람치고는 은근히 간이 큰 편이라 천 명 앞에서도 별로 떨지 않는다. 그러나 나는 일대일로 사람 만나는 게 오히려 어렵다. 인간 대 인간으로 타인과 마음속 진심을 내비치며 대화하는 것은 꽤 많은 감정적 체력을 요구하는 일이다. 반평생 동안 그것을 진심을 다해 해내는 선생님이 경이롭게만 느껴졌다.

사실 〈조인 마이 테이블〉을 시작할 때 나는 내 나름의 주제넘은 포부를 갖고 있었는데, '인간 KBS', 인간 교과서 같은 이금희 선생님을 MZ세대에게도 통할 정도로 독한 예능인으로 탈바꿈시켜 드리리라는 것이었다. 나는 시종일관 선생님의 말꼬리를 잡고 늘어지고, 인생 스토리를 캐내며 선생님의 새로운 면모를 끄집어내기 위해 노력했다.

안산에서의 촬영 날엔 비가 아주 많이 내렸다. 이금희 선생님과 나는 노란 우산을 쓰고 공단 주변을 걸으며 '노동자'로서 일하는 삶에 대해서 이야기를 나누었다. 그날 이금희 선생님은 자신의 삶을 던져 타인에게 헌신하는 사람들의 이야기를 오래도록 해주셨다. 기꺼이 자신의 삶을 나

높으로써 그를 통해 행복을 찾는 사람들의 이야기를 들으며, 나는 그 사람들이 지닌 감정의 형태가 이금희 선생님하고도 퍽 닮았다고 생각했다. 그리고 언젠가 그런 소설을 꼭 쓰고 싶다고, 그래서 많은 사람에게 기꺼이 숭고함을 선택하는 삶의 형태를 알리고 싶다고 생각했다.

그날 그 대화의 말미에 선생님은 물안개 낀 도시를 내려다보며 내게 말씀하셨다.

"박 작가 나보고 '인간 KBS'라더니, 이제 박 작가가 더 그런데?"

"그러게요? 저 방금 되게 선생님 같았죠?"

변한 건 이금희 선생님이 아니라 오히려 나일지도 모르겠다.

이 글이 나를 어디론가 데려가리라

작가가 되기 전까지 나는 글의 힘을 별로 믿지 않았다. 정확히는 글이, 문자 매체가 갖는 파급력에 대해서 잘 몰랐다고 보는 편이 맞을 것이다. 작가가 된 지 만 7년 차가 된 지금에서야 나는 비로소 내가 쓰는 소설이나 산문이 누군가에게 '읽히고 있다'는 감각을 느끼곤 한다.

이 책의 두 번째 챕터인 '가파도 롱 베케이션'은 독서 플랫폼 '밀리의서재'에서 '일은 서울에서 잠은 제주에서'라는 제목으로 연재되었다. 연재 당시 2040 독자들의 소소한 사랑을 받는데, 기존에 나를 알지 못했던 분들이 이 글을 통해 알게 된 경우도 많았다. 김종미의 동료인 방송작가

A 님도 그중 한 분이었다. A 작가님은 에세이를 읽어 내려가다, 글 안에 등장하는 김종미가 자신과 함께 일했던 김종미라는 것을 단번에 직감하셨다고 했다. 이후 A 작가님은 일반인들이 출연하는 여행 프로그램을 기획하게 되었고, 출연자로 곧장 우리를 떠올리셨다고 했다. 출연 제의를 받은 뒤 나는 고민을 해보겠다고 했고, 친구들은 일단 미팅이라도 해보겠다고 했다. 제작진과 만나고 난 후, 친구들은 강원도행 여행 프로그램에 출연하기로 결정했다. 김종미는 작가님께서 나도 함께 오는 것을 적극 권하셨다고 전해주었다. 내 경우는 이미 여행 프로그램을 촬영해봐서 그것이 얼마나 고된지 아는지라 저어되는 마음이 없지 않았는데,

"야, 우리가 지금 아니면 또 언제 이렇게 사서 고생을 해보겠냐?"

국토대장정을 준비하는 대학생 같은 M의 말에 나도 모르게 홀랑 넘어가버렸다. 때때로 우리는 뜨거운 것을 알면서도 불길로 뛰어드는 부나방 같은 선택을 하곤 한다. 그날의 내가 그랬다. 나는 친구들과 함께 강원도로 향하기로 결정했다.

우리가 향할 곳은 강원도 영월의 '운탄고도'라는 곳이었다. 트레킹의 성지로 잘 알려진 곳이었는데 사실 자의로는 절대로 가지 않을 곳이기도 했다.

프로그램 취지상, 함께 모여 여행을 가는 그림이 필요하다고 해서 우리는 김종미의 집에 모여 종미의 차를 타고 함께 강원도로 향하기로 했다. 종미의 집은 서울 북동부에 위치해 있었는데 우리는 각각 마포, 강남, 남양주에 흩어져 살고 있어 종미의 집까지 가는 데도 꽤 많은 시간이 걸렸다.

종미의 집에 도착했을 때는 미친 듯이 폭우가 내리고 있었다. 조하나는 1년 전 제주도 여행 때 대량으로 구매해둔 파란색 우비를 꺼내놓으며 말했다.

"어때! 이래도 쓸모없어?"

그리고 여행이 끝날 때까지 우리는 아무도 그 우비를 쓰지 않았다.

파워 드라이버 김종미의 SUV에 탄 우리는 폭우를 뚫으며 강원도로 향했다. 여느 때처럼 수다의 방향은 종잡을 수 없이 튀었다. 조하나가 덕질을 하고 있는 (2PM의) 준호가 나오는 드라마 〈옷소매 붉은 끝동〉 얘기를 하자, 순식간에 비가 개었다. 언제 비가 내렸냐는 듯 새초롬하게 푸른 하늘을 보며 우리는 귀신에 홀렸나 싶은 마음이 들었다. 신난 김종미는 속도를 냈고, 조하나는 집에서 아이를 보고 있는 남편 이야기를 꺼냈다. 그런데 그 순간 갑작스레 사위가 어두워지더니 앞이 보이지 않을 정도로 비가 내리기 시작했다. 우리는 하나가 남편 얘기를 꺼내자마자 비가 오기 시작했다며 깔깔댔다. 그런데 놀랍게도 몇 번이고, 같은 일이 반복됐다. 조하나가 지오디 콘서트 얘기를 하면 비가 그치고, 남편과의 연애 얘기를 하면 폭우가 내렸다. 나는 아무리 생각해도 이건 조하나의 비범한 능력 중 하나인 것 같다는 결론을 내렸다. 이를테면 덕질하는 남자를 떠올릴 때면 날씨가 화창해지는 초능력 같은 것.

영월은 생각보다 멀었지만, 하하호호 떠들며 가다 보니 세 시간이 훌쩍 지났다. 미친 듯이 내리던 굵은 빗줄기도 이슬비 정도로 가늘어져 있었다. 제작진이 찍어준 위치에 도착해보니 곧장 나지막한 2층 건물이 나타났다. 건물의 입구에는 '마을호텔'이라는 간판이 붙어 있었다. 호텔보다는 마을회관이 더 어울리는 외양의 귀여운 빨간 벽돌 건물이었다.

차에 내리는 순간부터 카메라가 수십 대 설치되어 있

는 게 보였다. 건물 안으로 들어서는 우리를 연예인 출연자분들이 맞아주셨다. 그들은 나를 보더니 (방송 특유의 과장된 리액션으로) 놀란 표정을 지으며 여자 세 명과 남자 한 명이 함께 여행을 온 게 맞느냐고 거듭 물었다.

"그러니까 여러분은 남사친, 여사친 사이라는 거죠?"

주어진 대본은 없었지만 사회생활 9단이 다 된 우리는 단번에 제작진의 의도가 무엇인지 간파하고는 그들이 원하는 키워드를 말해주었다.

"네! 저희는 함께 여행을 다니는 남사친, 여사친입니다!"

(친구면 그냥 친구지 남사친, 여사친은 또 뭐람…….)

우리 말고도 총 네 팀이 뒤이어 숙소에 도착했고 우리는 각자의 방을 배정받은 뒤 수다를 떨며 놀았다. 방 안은 깔끔하고 청결했다. 촬영을 위해 급하게 개조된 탓에 이불도, 캐비닛도 모기장도 모두 새것이었다. 그러나 불행히도 산 중턱에 지어진 건물인 데다 쉼 없이 방송용 조명을 켜놓은지라 하루살이류의 날벌레들이 몹시 많이 날아다녔다. 우리는 이 많고 많은 벌레가 모기는 아닌 것에 감사하기로 했다.

곧 비가 완전히 그쳤고, 구름에 가려져 있던 산의 절경이 드러났다. 메인 PD님께서 출연자들 중 원하는 사람들을 모아 운탄고도 산행을 하겠다고 했다. 친구들은 모두 등산을 하겠다고 했다. 나는…… 당연히 숙소에 남겠다고 했다. 그렇게 산행을 자원한 사람들을 떠나보내고 보니, 나 말고 모든 사람이 다 떠나고 없었다.

나는 산행 대신 동네 마실에 나섰고, 제작진은 이를 놓치지 않고 카메라를 들고 나에게 따라붙었다. 정신을 차리고 보니 나는 갑자기 〈6시 내고향〉의 리포터처럼 동네분들을 인터뷰하고 있었다. 운탄고도의 환경을 보존하기 위해 쓰레기를 줍는 주민분들과 정자에 둘러앉아 믹스 커피를 나눠 마셨다. 그리고 아름다운 산길을 따라 걸어 내려갔다. 곧 양옥이 여러 채 모인 곳이 나타났고, 집 밖에 나와 산 중턱에 낀 구름 사진을 찍고 계신 주민분과 마주쳤다.

"와, 매일 이런 풍경을 보고 사셔서 너무 좋겠어요!"

"아뇨. 저도 살면서 이런 광경은 처음인데요? 그래서 사진 찍으러 나왔지."

조금은 머쓱해져버린 나……. 중년의 주민분은 몹시 천진난만한 표정으로 사진을 찍으셨다.

"근데 연예인이세요?"

"아, 아뇨……. 저는 작가입니다."

주민분은 애초에 내 직업 같은 건 별 관심도 없었다는

듯, 자신이 운탄고도로 이주해온 이유에 대해 이야기하기 시작하셨다. 원래 서울에서 태어나 50년도 넘게 한동네에서 사시다, 암에 걸린 뒤 이곳에 정착해 살기 시작했으며, 불과 5년 만에 암 완치 판정을 받으셨다고 했다.

"여기 공기랑 물이 얼마나 좋은지 몰라. 기적처럼 암이 다 나았잖아요!"

간증에 가까운 주민분의 이야기를 한참 동안 들으며 운탄고도의 영험함에 대해 열심히 맞장구를 쳤다. 결국 해가 질 때가 다 되어서야 마을호텔 건물로 돌아올 수 있었다.

트레킹을 떠났던 사람들이 모두 돌아오고, 출연자들이 모여 저녁 식사를 하기 시작했다. 마침 게스트로 오신 (미남으로 소문난) 뮤지컬 배우님이 노래를 불러주었다. 역시나 엄청난 가창력이었다. 고개를 돌려 조하나를 본 순간 나는 너무나도 놀라고 말았다. 조하나를 안 지 15년, 그토록 행복한 표정을 본 건 처음이었다. 나는 종미와 M의 옆구리를 쿡쿡 찌르며 조하나를 보라고 했다. 입이 정수리까지 걸려 있는 조하나를 보고 모두 놀라워했다.

그날 밤 촬영이 끝나고 나서 모두 식당에 모여 술을 마셨다. 뮤지컬 배우님도 우리 자리에 동석해 함께 이야기를 나누었는데. 조하나는 배우님의 별것도 아닌 말에도 자지러지게 웃었다. 제작진이 마련해준 술과 출연자분들이 챙겨온 술이 점점 동이 났다. 자정이 넘자 우리 일행을 제외한 다른 사람들이 모두 자신의 방으로 돌아갔다. 주방을 비추고 있던 카메라들도 꺼지고 난 후, 나는 조하나에게 말했다.

"하나야, 그렇게 좋니?"

조하나는 고개를 끄덕이며 말했다.

"사실 지금까지 내가 남자 얼굴을 안 본다고 생각했다? 근데 오늘 진짜 너무 행복했어."

"그래, 니가 그렇게 환히 웃는 거 15년 만에 처음 봤어."

우리는 냉장고에 있는 술을 모두 털어 먹으며 계속 폭풍 수다를 떨었다. 정신을 차려보니 시간은 새벽 5시. 동이 트는 것을 보며 우리는 각자의 모기장 속에서 잠에 빠져들었다.

다음 날, 집으로 돌아가는 길에 우리는 모두 피로한 상태였다. 30대 중반인 나이를 잊은 채 스무 살 때처럼 밤새 수다를 떤 죄로, 우리는 엄청난 잠의 부채를 안고 있었다. 조하나와 M은 차에 타자마자 잠들었고, 나는 운전하는 종미가 무척 걱정돼, 조수석에 앉아 떠들어주었다. 의외로 종미는 멀쩡해 보였다.

"나 괜찮으니까 그냥 자도 돼."

"정말? 옆에서 자면 더 졸리잖아."

"아냐, 나 운전할 땐 괜찮아."

괜히 종미가 멋있게 보이는 순간이었다.

✳

서울로 돌아오는 길, 우리는 시원한 막국수를 먹자고 합의를 보고, 도로 인근 국숫집에 들렀다. 아이들에게 오늘 얘기를 에세이로 쓰겠다고 말하며, 이야깃값으로 국수를 사주겠다고 했다. 들어가서 만 원짜리 막국수를 먹다 보니, 그곳은 테이블마다 고기 굽는 김이 모락모락 피어오르는 한우 전문점이었다. 나는 아이들에게 말했다.

"나중에 돈 많이 벌어서 한우 쏠게."

아이들은 그래 한우 사 먹게 돈 많이 벌자, 하고 대답했다.

마지막에는 M의 추천으로 원주의 '뮤지엄 산'에도 들렀다. 입장료가 조금 비싼 거 같아 악착같이 할인이 되는 카드를 찾았는데, '예술인패스'가 할인 항목에 있는 게 보였다. 나는 손을 부들부들 떨며, 핸드폰에 저장된 5만 장의 사진 중 먼 옛날 만들어놓은 내 예술인패스를 찾아 내밀었다. 작가가 된 게 가장 뿌듯한 순간 중 하나였다.

예고한 대로 나는 이 여행을 글로 썼다. 이 글이 또 나를, 우리를 어디론가 데려가줄지도 모른다는 기대감을 안고서.

서른다섯의 사춘기

지난번 제주 여행에 이어 운탄고도 극한 촬영 여행이 끝난 후, 우리는 부러 놀러 갈 계기를 만들어 돈을 쓰지 않으면 모이기가 힘들다는 사실을 깨달았다. 더불어 우리끼리 별일 하지 않고 그냥 가만히 앉아만 있어도 맘 편히 웃을 수 있다는 기쁨을 새삼 맛본지라, 이후에도 꾸준히 휴가를 함께 떠나기로 결정했다.

다음 여행지를 두고 여러 의견이 오갔다. 충동적이고 즉흥적인 성향의 나와, 김종미, M은 동해로 가자 서해로 가자 해외로 가자 중구난방으로 제안을 쏟아냈다. 여러 의견을 취합해 구체적인 계획을 짜기 시작한 건 역시나 조하나였다(조하나는 우리 중 유일한 계획형 J이자, 회사에서도 가정에서도, 심지어 과거 편집부에서도 '장'을 도맡아 했던 탁월한 기획자이다). 네 명 모두가 한 번도 방문해본 적이 없는 곳이자 큰맘 먹지 않으면 가기 힘든 곳에 가기로 결정했다. 여수나 통영, 남해와 같은 도시들이 아름답다는 것은 풍문으로 익히 전해 들었으나 정작 여행지를 선택할 때가 되면 (너무 멀어서) 우선순위에서 다른 도시에 밀리곤 했었다. 모두가 가고 싶지만 이 멤버가 아니면 왠지 죽을 때까지 가지 못할 것 같은 곳이라는 점에서 여수와 남해가 여행지로 낙점되었다.

각자 다른 분야에서 일하는 직장인 셋과 프리랜서 하나인지라, 여행 날짜를 맞추기가 쉽지 않았다. 결국 4월의 어느 날 우리는 간신히 휴가를 맞춰 쓰고 여행을 떠날 수 있었다.

여행 당일, 우리는 이른 아침 김포공항에 모이기로 했다. 거리가 있는 만큼 자동차나 기차보다는 비행기를 타는 게 이득이라는 판단에서였다. 사실 나로서는 너무 감사한 일이었는데, 서울 서북부에 사는 나의 경우 김포공항이 가깝기 때문이었다. 공항에 도착했을 때에는 예상대로 조하나만 도착해 있었다.

우리는 만날 때마다 도착하는 순서가 일정하게 정해져 있는 편이다.

조하나 → 박상영(제시간) → M → 김종미.

M도 적잖이 늦는 편이지만, 종미는 가끔 좀 과할 정도로 심하게 늦는다. 오죽했으면 종미에게만 약속 시간을 한 시간 전으로 알려주자는 우스갯소리까지 할 정도다.

나는 김종미와 약속 시간에 대한 원한 섞인(?) 기억이 있다. 학부 시절, 종미가 나에게 광장시장에 가서 놀자고 먼저 제의를 해왔다. 당시 종로구, 학교 앞에 살았던 나는 집에서 마을버스로 한 번에 갈 수 있던 광장시장을 자주 들르곤 해 거의 광장시장 전문가로 통했고, 때문에 흔쾌히 제안을 수락했다.

당일, 김종미는 약속 시간이 되어도 올 생각을 하지 않았다. 어디냐고 문자를 보내니 창동역,이라는 답이 왔다. 그렇게 10분, 20분이 지나도 올 생각을 않는 종미. 참다 못해 전화를 했는데 종미의 주변이 너무 조용했다. 나는 도대체 어디냐고 종미에게 다그쳤다. 김종미는 정말 창동역에 있었다. 창동역을 지나는 1호선 열차도, 창동역사도 아닌, 창동역에 있는 자신의 집에서 출발조차 하지 않은 채로. 애초에 약속을 깜빡했다고 하면 그냥 집에 돌아갈 수나 있었을 것을, 종미는 계속해서 가고 있다는 말로 나를 묶어두었고, 변변하게 앉을 곳도 없는 종로5가역에서 한 시간 반 동안 서 있게 만들었다. 지하철 출구로 나오는 종미를 보자마자 뚜껑이 열린 나는 엄청 화를 냈던 것 같다(기억력이 꽤 좋은 편인 나지만 이상하게 그 장면만은 희미하다). 그리고 그 이후 종미는 놀랍게도 나와 만날 때 단 한 번도 늦지 않았다(후에 종미는 어머니도 평생 고치지 못한 지각하는 버릇을 내 덕에 고쳤다고 말했다).

나는 종미에게 거듭 전화하며 위치를 체크했다. 종미가 경의중앙선이 오기를 기다리고 있다고 했고, 그 지옥의 배차 간격을 잘 알고 있는 나로서는 너무나도 불안했다. 보딩 시간이 점점 다가오고, 우리는 깊은 시름에 젖어들었다. 실은 우리 중 가장 운전 경력이 긴 파워 드라이버인 종미가 운전을 도맡아 하기로 했기 때문에, 셋 중 누가 종미 대신 차를 몰 것인가 하는 고민 때문이었다(물론 종미 걱정도 아주 조금은 했다). 함께 여행 가는 것을 거의 포기할 때쯤 종미가 탑승장 쪽으로 뛰어왔다. 종미의 머리 위에서 후광이 비치는 것 같은 느낌이었다.

한 시간도 채 되지 않아 여수공항에 도착한 우리는, 미리 예약해놓은 렌터카를 찾으러 갔다. 약도에 나와 있는 주차장에 가도 사무실이 보이지 않았다. 우리가 예약한 흰색 레이만 덩그러니 놓여 있을 뿐, 사람이 한 명도 없었다. 업체에 연락을 하니 지금 문을 열어주겠다고 하며, 차 안에 열쇠가 있으니 그대로 사용하면 된다고 했다. 정말 차 문이 열렸고, 우리는 시종일관 주변을 두리번대며 도대체 어떻게 이런 일이 가능한 건지 4차산업혁명(?)이라며 모두 놀라워했다(참고로 나를 제외한 세 사람은 모두 IT 업계에서 일하고 있다).

다들 새벽같이 일어나 아침 비행기를 타는 통에 밥을 먹지 못한지라 우리는 곧장 조하나가 찾아놓은 여수의 맛집으로 향했다. 프로 기획자 조하나는 우리를 '명동게장'으로 데려다놓았다. 여수에도 명동이 있었던가? 심지어 지도에 따르면 여수 명동게장의 위치는 '명동'이 아닌 '봉산동'이었다. 의구심을 품고 가게 안으로 들어간 우리는 300석이 넘는 엄청난 규모에 놀랐고 그 안을 꽉 채운 인파에 또 놀랐다. 식탁 위에는 마치 잔칫날 마을회관처럼 반투명의 흰 비닐이 수십 겹 깔려 있었다. 상을 닦을 시간조차 없어 맨 위의 비닐을 잡아 뜯기만 하면 새로운 상이 완성되는 그 비닐상. 꽃게장을 시키면 돌게장을 무한 리필할 수 있다고 해서 우리는 자리에 앉자마자 게장을 시켰다. (전국 단위의 맛집들이 그러하듯) 빛의 속도로 음식이 나왔고 우리는 문자 그대로 게 눈 감추듯 게장을 흡입했다. 우리 넷은 식성조차 잘 맞았다(사실 넷 다 못 먹는 게 없었다). 돌게장을 두어 번 리필한 뒤, 더 이상 위장에 남은 공간이 없어진 우리는 뒷 짐을 진 채 식당 밖으로 나왔다.

(조)하나투어의 일정에 따라 우리는 향일암에 오르기로 결정했다. 향일암은 '해를 향한 암자'라는 뜻으로, 대단히 화려한 관광지는 아니지만 탁 트인 남해 바다를 볼 수 있는 곳이라고 했다. 마침 배도 부르겠다, 나지막한 산에 오르면 여수 시내의 전경을 내려다볼 수 있을 테니 안성맞춤이었다.

그리고 얼마 지나지 않아 우리는 그것이 철저한 오판이었음을 깨달았다. 인터넷상으로는 야트막한 언덕길 정도의 높이라고 표현되어 있던 향일암은 가파른 계단과 언덕 위에 위치한 곳이었다. 등산에 취미가 있는 사람에겐 뒷동산 정도의 높이겠으나, 과도한 야근과 좌식 생활에 길들여진 10년 차 사무직인 우리에게는 히말라야산맥이나 다름없었다. 놀라웠던 부분은 가장 살찌고 둔해 보이는 내가 그나마 가장 산을 잘 탔다는 사실이었다. 친구들은 세 걸음 걷다 쉬기를 반복했다. 새삼 30대 중반에 들어선 우리의 나이가 실감 났다. 조하나는 요즘 업무가 바빠 운동을 쉬었더니 이런 일이 발생한 것 같다고, 운동 의지를 불태웠다(그리고 실제로 서울에 돌아오자마자 필라테스를 끊어 바로 운동을 시작했다). M과 김종미는 다리를 후들후들 떨면서도 무한 긍정의 성격을 발휘하며, 살면서 이렇게 아름다운 장관을 언제 또 보겠냐며 기뻐하였다. 우리는 물 대신 오미자 아이스티 같은 중장년층의 취향을 겨냥한 음료를 나눠 마셨다. 태어나서 마셔본 오미자차 중 가장 달고 맛있었다.

숙소에 돌아왔을 때는 해가 진 시간이었다. 조하나가 예약한 신식 콘도형 숙소는 방이 세 개에 세탁기까지 딸려 있어서 마치 새집에 집들이를 온 것 같은 기분이었다. 우리는 숙소를 구경하는 대신 방에 들어오자마자 입었던 옷이며 양말을 세탁기에 넣고 빨래를 돌리기 시작했다. 왠지 마지막 날 입을 옷이 부족할 것 같다는 이유에서였다. 네 명다 모두 살림을 하는지라 여행을 와서도 낭만보다 현실이 앞서 있는 게 괜히 웃겼다.

㈜하나투어의 코스에 따르면 우리는 모둠회 맛집, 형제상회에 들러 회 한 상 차림에 소주를 곁들여야 했다. 그

러나 이른 아침에 일어나 에베레스트 등반을 한 우리는 도저히 몸을 움직일 힘이 나지 않았고, 결국 방법을 찾아냈다.

'배달의민족!'

과연 전국에 배달앱이 닿지 않는 곳은 없었고, 우리는 한 시간여의 기다림 끝에 살면서 가장 맛있는 회를, 그것도 상다리가 부서지게 많은 반찬이 나오는 모둠회를 먹을 수 있게 되었다. 넷 다 먹성이 남다름에도 음식이 남을 정도였다. 우리는 맛있는 음식에 술을 곁들이며, 그날 밤 배가 터지도록 회를 먹었다.

반주를 한 우리는 소파에 드러누워 함께 TV를 보기 시작했다. TV에서는 높은 시청률을 올리고 있는 이혼 관련 예능 프로그램이 나오고 있었다. 우리는 순식간에 프로그램에 집중했다. 우리 나이 또래에 결혼을 하고 아이를 낳은 부부가 이혼을 한 뒤, 처음 재회하는 장면이었는데, 우리는 저마다 한마디씩 말을 얹었다. 저 남자 진짜 우유부단하다, 저 여자 태도가 저러니까 남자가 질린 게 분명하다, 시댁이 랍시고 유세다…… 등등, 한참 떠들다 보니 어릴 적 부모님들이 TV 앞에 앉아 주거니 받거니 코멘터링을 하던 장면이 떠올랐고, 나 역시 그때의 부모님처럼 어느덧 TV를 볼 때 눈보다 입이 더 바쁜 나이가 된 것 같다는 생각에 슬그머니 기분이 언짢아졌다. 프로그램이 점점 루즈해지던 찰나, 부모의 눈치를 한껏 보던 아이가 떠나려는 아빠의 바짓가랑이를 붙잡고 제발 가지 말라고 외치는 장면이 나왔다. 나도 모르게 눈물이 줄줄 흘렀다. 흐르는 콧물을 닦으며(언제부터인가 울 때 눈물보다 콧물이 더 많이 흐르는 사람이 되었다) 옆을 봤더니 애들도 나와 마찬가지로 눈물범벅이었다. 우리는 다 떠나서 아이가 너무 불쌍하다는 합의점에 도달하고 TV를 껐다.

빨래도 하고, 배불리 먹고, 시원하게 울고 난 우리는 이대로 잠들기는 아깝다는 결론에 이르렀다. 그리고 여수에 온 김에 여수 밤바다는 한 번 들러야 하지 않겠냐는 합의에 다다랐다. 결국 우리는 잠옷에 슬리퍼를 끌고, 숙소에서 도보 10분 거리의 포차 거리로 향했다.

포털 사이트의 후기상으로는 가성비가 떨어진다는 악평이 많았음에도, 포차에는 빈자리가 하나도 남아 있지 않았다. 많고 많은 포차들 중에서 바다가 보이지 않는 구석에 위치한 한 군데에 간신히 자리를 잡을 수 있었다. 종로인지 여수인지 알 수 없는 배경에서 우리는 여기가 여수라는 것을 느끼기 위해 '여수 밤바다'라는 이름의 소주를 주문했다. 곧 만만찮은 가격에 비해 양이 몹시 적은 안주가 나왔고 우리는 출출함을 술로 채웠다.

술이 달았다. 술이 달면 위험 신호라는 것을 잘 아는 나는 얼른 다른 친구들의 동태를 살폈다. 평소에 주당으로 유명하고 월급을 술값으로 조지는 M과 김종미는 얼굴이 시뻘게져 누가 봐도 만취한 모습이었다. 나도 눈 주변이 발갛게 달아오른 것이 한 병만 더 마시면 딱 만취하겠다 싶었는데, 의외로 조하나는 말짱한 얼굴이었다. 나는 놀라서 물었다.

"조하나…… 너 원래 이렇게 술이 셌던가?"

"어. 나…… 원래 잘 안 취해……."

실속 없이 요란한 우리와는 달리 진정한 주당이 따로 있다는 것이 밝혀지는 순간이었다. 생각해보니 조하나와 제대로 각 잡고 술을 마셔본 적이 한 번도 없다는 것을 깨달았다.

"그러고 보니까 우리 넷이 이렇게 술집에서 술 먹는 건 처음 아니니?"

주정뱅이 M이 살짝 혀 꼬인 소리로 말했다.

"어 그러게? 신기하다. 15년을 알고 지내면서 이러기도 쉽지 않을 텐데."

"뭐가 신기해. 우리끼린 굳이 술 먹으면서 말할 필요가 없잖아. 맨정신에도 열 시간씩 수다를 떠는데 뭐."

"하긴."

대학 시절 우리는 언제나 편집실에서 동고동락하며 술한 방울 마시지 않고 몇 시간씩 수다를 떨곤 했으니까. 당시 우리는 같은 수업을 듣고, 같은 밥을 먹고, 같은 것들을 보고 들었으며, 때로는 뇌를 공유하는 것처럼 같은 생각을 했다. M이 쓸쓸한 어조로 말했다.

"이렇게 일부러 여행 오지 않으면 얼굴도 잘 못 보는 사이가 됐네."

"뭘 자주 못 봐. 한 달에 한 번씩 보는구만! 부모님보다 니들을 더 자주 봐."

M의 말에 딴지를 거는 내 모습이 참으로 대학 시절 같았고, 우리는 편집실에서 그랬던 것처럼 서로 시답잖은 핀잔을 주며 쉴 새 없이 웃었다. 목소리가 유달리 큰 내 덕에 포장마차 사장님으로부터 말소리를 좀 낮춰달라는 요청을 들은 우리는, 좁은 포장마차 대신 바다를 보며 술을 마시는 게 좋겠다는 결론에 도달했다.

편의점에 들러 소주와 맥주 한 보따리에 노래방 새우깡을 사서 바닷가로 걸었다. 그리고 방파제 쪽 시멘트 언덕에 퍼질러 앉아 술을 까 마시기 시작했다. 바람이 시원해 기분이 참 좋았고 술이 절로 넘어갔다.

　김종미가 갑자기 심각한 표정으로 우리에게 상담할 것이 있다고 했다. 당시 종미는 소셜 마케팅팀의 팀장으로서 팀원들을 관리하는 동시에, 사내 유일의 쇼호스트로서 거의 투잡을 방불케 할 만큼의 엄청난 격무에 시달리고 있었다. 상품 선정부터 방송 기획, 세트 제작에 촬영까지 다 감당하느라 허리가 끊어질 것 같다고 했다.

　이전에 몇 번, 김종미가 진행하는 방송을 본 적이 있었다. 깨끗하게 잘 차려입은 옷에 깔끔하게 화장을 하고 정시에 방송을 시작해, 한 시간도 넘게 상품에 대해 쉴 새 없이 떠드는 종미는 내가 아는 지각 대장 종미의 모습과는 많이 달랐다. 고백하자면, 한때 자주 회사를 옮기는 종미를 보며 끈기가 없는 것 아닌가 나도 모르게 의심했던 것 같다. 세상에 너에게 딱 맞는 자리는 없다고, 자리에 맞춰 너를 바꿔나가라는 주제넘고 꼰대 같은 조언을 하기도 했다. 어딜 내놔도 부끄러운 내 친구 김종미라고만 여겼었는데, 실은 내가 모르는 엄청난 잠재력을 가지고 있었다는 사실에, 대학 시절 내내 구박만 했던 게 미안해지기까지 했다. 2, 30대 내내 여러 회사를 옮겨 다니며 방황하던 종미가 드디어 맞는 옷을 찾아 다행이라는 생각이 들었다. 심지어 빠른 속도로 팀장까지 승진한 모습이 대단하게 느껴졌다.

그러나 일견 화려해 보이는 모습 이면에 종미는 팀원들의 갈등을 조율해야 하는 어려움과, 잡 포지션의 애매함에서 오는 혼란스러움을 모조리 껴안고, 견디고 있었다. 종미는 연봉을 낮춰서라도 쇼호스트 일에만 집중할 수 있는 곳으로 옮기는 쪽이 낫지 않을까 고민하고 있다고 했다. 계속하는 것도 힘든데, 그만두는 건 더 힘들다. 심지어 그만두고 나서 다시 시작하는 건 더 힘들다. 나 역시 7년 동안 회사 생활을 하며 숱하게 고민했었고, 전업 작가가 된 지금까지도 매일 하는 고민이었다. 종미와 나는, 서른다섯 살의 사춘기를 앓고 있는 것일지도 모른다.

우리는 저마다의 시선으로 종미에게 최선의 로드맵이 무엇일지, 만약 퇴사를 한다면 언제가 최적의 시점일지 고민했다. 정상회담을 방불케 하는 열띤 토론이 이어지는 와중에 김종미가 갑자기 가방에서 작은 약통을 꺼냈다. 그리고 우리에게 알약을 하나씩 주더니 녹여 먹으라고 했다. 우리는 김종미가 시키는 대로 알약을 입에 넣었고, 종미는 핸드폰을 들어 그런 우리의 모습을 찍었다. 도대체 무엇이냐고 물으니 다음 주에 방송하기로 되어 있는 구강 건강 유산균이라고 했다. 이 와중에도 업무를 하는 김종미를 보며 말했다.

"종미야……. 너, 정말 어른이 되었구나."

"진짜. 어쩌다 이렇게 됐을까?"

"그래도 매일 술 먹고 사고 치던 시절보단 지금이 낫다고 봐, 나는."

"난 그렇게 과거가 그립다?"

"엥? 너 대학교 때 맨날 학고 받아서 졸업도 못 할 뻔했잖아."

"대학교도 대학교인데, 고등학교 때가 그렇게 그리워."

종미를 놀리는 데서 삶의 보람을 느끼는 나는 장난기 가득한 목소리로 답했다.

"무슨 소리야. 너 그때 산자락에 있는 재수 학원에 감금돼서 공부하느라 죽을 뻔했다며."

"아냐, 지금 와서 생각해보면 그때가 훨씬 좋았던 것 같아. 그냥 주는 대로 먹고, 시키는 대로 하면 아무 문제도 없던 시절. 넌 그때가 안 그리워?"

나는 고개를 절레절레 흔들며 답했다.

"절대로. 나는 10대 시절이 너무 싫었어. 다시 돌아가라고 하면 죽어버릴 거야. 오죽했으면 《1차원이 되고 싶어》를 썼겠어."

조하나가 얼굴에 화색이 돌며 말했다.

"나 사실 니 소설 중에서 그걸 젤 좋아한다?"

"진짜로? 의외다."

"응, 난 그게 제일 재밌었고, 읽을 때마다 이상하게 마음이 몽글몽글해져."

우리 중 가장 이성적인 조하나의 입에서 '몽글몽글'이라는 표현이 등장하다니. 그런데 M도 옆에서 맞장구를 쳤다.

"나도! 그 책이 제일 좋아. 제일 뜨겁고, 장편이라서 이야기도 굵직굵직하니 좋고!"

김종미도 한마디 거들었다.

"나도! 10대 때가 엄청 생각나는 거 있지. 첫사랑의 애달픈 마음 같은 거."

"그런데 지금은 왜 그래?"

참고로 김종미는 열여덟 살 때 처음으로 사귀었던 남자친구와 서른셋에 재회해 결혼했다. 종미는 여행 내내 남편을 흥보기 바빴다.

"그, 그러게……."

"1차원의 마음을 되찾도록 해."

M은 백 번도 넘게 말했던 10대 시절 자신의 무용담을 늘어놓기 시작했다. 서른다섯 살의 나는 우리끼리 이런 애

기를, 대화를 나눌 수 있다는 게 신기하게만 느껴졌다. 부동산이며, 커리어 패스, 연봉 협상과 같은 이야기를 하다가 갑자기 20대 때 추억으로 돌아가기도 하고, 심지어는 내가 쓴 10대 시절 이야기가 친구들의 인생을 경유해 나오기도 한다.

그날, 그 밤, 여수 밤바다는 우리가 꿈꾼 풍경과는 사뭇 달랐지만, 그럼에도 불구하고 나는 내가 소설가라는 직업을 가졌음에, 또 함께 이런 이야기를 나눌 친구들이 곁에 있다는 사실에 오랜만에 감사했다.

순간의 반짝임

여수에서의 마지막 밤은 다소 희미한 기억으로 남아 있다.

우리는 대학 시절의 추억과 앞으로의 커리어에 대해 이야기를 나누다, 돈 많이 벌고 잘 먹고 잘 살자는 결론을 유야무야 내린 뒤 방파제에서 일어났다. 자정이 넘어 바다가 어느 쪽인지 구별도 안 될 만큼 어두웠지만, 왠지 기념사진을 남겨두어야 할 것 같아서, 주변에 있는 젊은이들(?)에게 사진을 찍어달라고 부탁했다. 대학생으로 추정되는 젊은이들은 과연 젊은이들답게 우리를 해상 케이블카가 잘 보이는 위치에 서라고 한 뒤, 핸드폰을 거꾸로 들어 우리의 다리가 2미터쯤 되어 보이게 찍어주었다.

그렇게 아련한 첫째 날 밤이 지나고, 나는 고소한 냄새를 맡으며 잠에서 깨어났다. 거실로 나가보니 조하나가 머리에 수건을 두른 채 부지런히 뭔가를 만들고 있었다. 얼마 지나지 않아 조하나는 전날 형제상회에서 시켜 먹고 남은 밥과 문어, 삼겹살과 날치알을 소스로 제공된 참기름에 볶아 그럴싸한 볶음밥을 만들어놓았다. 그것은 곡기를 끊은 수도자마저도 돌아서게 만들 만큼 훌륭한 맛이었다(과장을 조금 보태자면 여수에서 먹은 것들 중 가장 맛있었다). 먹다 남은 재료로 이토록 훌륭한 음식을 만들어냈다는 점에서, M과 김종미, 나는 엄지손가락을 추켜세우며 역시나 전주 출신 조하나의 요리 공력은 어디 가지 않는다고 결론 내렸다.

숙소를 나온 후, (조)하나투어가 다시 개시되었다. 곧장 남해로 떠나야 했기에 시간이 빠듯한지라 김밥을 포장하러 여수의 맛집으로 소문난 '바다김밥'에 들렀다. 김밥을 기다리는 동안 우리는 인생네컷을 찍으러 갔다. 인터넷에서 MZ세대들은 만나면 무조건 인생네컷을 찍는다고 한 것을 본 내가 강력히 주장했기 때문이었다. M은 아리송한 얼굴로 말했다.

"핸드폰 놔두고 굳이 이걸로 찍는다고?"

"그렇게 하나씩 효율을 따지다 보면 늙는 거야!"

"얼굴이 달라지는 것도 아닌데 매번 새로?"

"몰라, 그렇다고 하니까 그냥 찍자."

그렇게 우리는 평소에 비해 부쩍 부은 얼굴로 부랴부랴 사진을 찍었다. 멀뚱멀뚱한 표정의 우리 모습은 90년대부터 유행했던 스티커사진의 향취가 잔뜩 느껴지긴 했지만……. MZ 되기의 길은 멀고도 험했다(실제 MZ들이 만날 때마다 인생네컷을 찍거나 하는지도 모르겠다만……).

그리고 비로소 파워 드라이버 김종미의 운전이 시작되었다. 종미는 못 하는 것이 꽤 많지만 운전만큼은 정말 잘한다. 우리는 허벅지의 근육통을 호소하며 오늘은 절대 산행을 하지 말자고 다짐했다. 조하나는 자신도 오늘은 경치가 좋은 관광지나 공원 위주로 루트를 짰다고, 걱정하지 말라고 했다. 아닌 게 아니라 조하나는 타이트한 청바지에 하늘거리는 윈드브레이커까지 입고 있어, 사진을 찍기 위해 작정한 사람처럼 보였다. 나는 (조)하나투어의 인솔자에게 오늘의 숙소는 어디냐고 물었다. 조하나가 아쉬운 입맛을 다시며 말했다.

"아니 얼마 전에 회사에 아난티호텔 할인권이 올라왔

다? 그래서 잽싸게 신청했는데 선착순에서 탈락했어. 그래서 결국 독일마을에 펜션 잡았잖아."

특가와 할인, 최저가를 놓치는 것을 견딜 수 없어 하는 조하나다운 발언이었다.

이내 출출해진 우리는 바다김밥에서 사 온 김밥을 집어 먹기 시작했는데 그중 한 종류가 상상 이상으로 매웠다. 매운 것을 잘 먹지 못하는 우리지만 배고픔을 이겨내기 위해 타는 혀를 부여잡고 꾸역꾸역 김밥을 다 먹었다.

남해까지 가는 길은 결코 만만치 않았다. 산을 둘러 만들어진 구불구불한 도로에 숙취를 앓고 있던 우리는 멀미를 호소하며 연신 창문을 열었다 닫고는 했다.

고생 끝에 비로소 도착한 곳은 남해의 '가천 다랭이마을'이었다.

차 밖으로 나섰을 때 우리는 몹시 놀랐다. 일단 바닷가에 인접한 마을의 풍경이 압도적으로 아름다워서. 또한 정말로 엄청나게 가파른 산길이라서! 알고 보니 다랭이마을은 계단식 논 사이에 지어진 아름다운 식당과 카페로 유명한 곳이었다. 나는 고등학교 한국지리 시간에 배운 남해의 특징들이 불현듯 떠올랐다. 다도해, 리아스식 해안, 계단식 논 등등. 계단식 논은 절벽이나 산지, 고지대의 특성을 이용한 전통적인 경작법이다. 그제야 나는 깨달았다. 남해라는 도시 자체가 절벽에 지어진 도시라는 것을. 우리가 선정한 모든 맛집과 카페, 관광지가 엄청난 경사를 자랑했다.

그러니까, 우리는 더 이상 등산을 하지 말자고 다짐해놓고 세상에서 가장 언덕이 많은 도시에 온 것이었다. 우리들 중 제일 놀란 건 조하나 같았는데, '풍경'과 '사진' '맛집' 등의 키워드만을 보고서 짠 코스였기 때문에, 이토록 가파른 경사는 예상하지 못했다고 했다.

그러거나 말거나 풍경은 아름다웠고, 우리는 마치 단것에 꼬이는 개미들처럼 수많은 관광객과 함께 절벽을 향해 가파른 경사를 내려갔다. 조하나는 무릎을 전부 다 펼수조차 없을 정도로 타이트하고 두꺼운 청바지를 입고 있어 다리를 움직일 때마다 몹시 괴로워하였다.

경사를 다 내려갈 때쯤 광활한 바다와 아름다운 조경이 펼쳐졌다. 대파잎처럼 초록 이파리를 가진 구근식물이 잔뜩 심겨 있었다. 더러는 노란색 꽃을 피우고 있었으며, 당장이라도 씨앗을 퍼뜨릴 것처럼 씨를 머금고 있었다. 사소한 기쁨도 과장되게 표현하는 재주가 있는 김종미가 외쳤다.

"어머 이 꽃 너무 예쁘다! 무슨 꽃이지?"

장난기가 발동한 나는 천연덕스러운 표정으로 종미에게 말했다.

"이거 파꽃이잖아."

"푸르딩딩한 대파에서 이런 예쁜 꽃이 핀다고?"

"어! 저 노란 꽃이 지고 나면, 민들레처럼 보슬보슬한 게 올라와. 저기 봐봐, 저게 파 씨앗이야. 저거 심으면 파가 쑥쑥 자란다고!"

"어머 진짜? 세상에 웬일이야."

그때 등산복을 입고 우리 곁을 스쳐가던 한 중년의 여성분께서 작은 목소리로 노래를 부르기 시작하셨다.

"수선화인데~ 수선화인데~."

정체불명의 가락이 붙은 노래를 들은 우리 일행은 모두 빵 터져서 배를 잡고 웃었다. 남해의 귀인 덕분에 아름다운 꽃의 정체를 배웠다.

찌개백반이 유명하다는 식당으로 향하던 도중 갑작스레 아는 얼굴과 마주쳤다. 몇 년 전 한창 같이 술을 마시고 놀았던 G 형이었다. G 형과 나는 눈이 마주치자마자 놀라, "어! 어!" 소리를 질렀다. 우리는 갑작스레 마주한 친구들이

그러하듯 어정쩡하게 길 중간에 멈춰서 '반갑다, 잘 지내냐, 누구랑 함께 왔냐, 어디에 묵냐'고 빠르게 물었다. G 형은 짐짓 가벼운 목소리로 "어, 나 아난티"라고 답했다. 깃털처럼 가볍고 탄산수처럼 청량한 어조에, 나도 모르게 외쳤다.

"형, 부자야?"

"응? 전혀. 친구 중에 회원권 가진 애가 있어서."

"아 진짜? 부럽다……."

우리는 대충 인사를 마무리한 뒤 각자 일행에게로 돌아갔다. 그 와중에도 "형 부자야?"라고 물은 게 너무 없어 보이고 나다워서 웃음이 나왔다.

맛있게 밥을 먹은 뒤 커피가 절실해진 우리는 어미 새를 보는 새끼 새들처럼 조하나에게 이제 어디로 가면 되냐고 물었다. 조하나는 맛집을 갈무리해놓은 목록을 훑다가, 찾아놓은 카페들이 죄다 여기서 멀다고 했다. 김종미와 나는 그냥 지나가다 마음에 드는 카페가 나오면 들어가자고 했고, 극강의 충동형 인간들과 함께 다니며 하나 역시 퍽 익숙해졌는지, 좋은 생각이라고 했다.

우리가 찾은 곳은 해안가 근처의 '유즈노모레'라는 카페였다. 나지막한 양옥집을 개조해 만든 카페는 실내에 들어서자 마치 동유럽 어딘가의 가정집에 들른 것 같은 기분이 들었다. 아니나 다를까 사장님께서 불가리아로 유학을 갔다 오신 분이라고 했다. 우리는 불가리아식 요거트와 커피를 시키고 테라스에 앉았다. 정원을 배회하던 고양이들이 우리에게 다가와 다리에 귀를 비비고 갔다. 아마도 사장님께서 밥을 주는 고양이들인 것 같았다.

고요하고 차분한 남해의 풍경을 바라보았다. 엉덩이만 붙이면 전투적으로 수다를 떠는 우리지만 그 순간만큼은 서로 아무 말도 하지 않은 채 그저 풍경을 바라보고 있었다. 지구 저 너머까지 펼쳐져 있는 공백이 우리를 압도하는 느낌이었다.

간단히 커피 타임을 마친 우리는 바닷가로 산책을 나섰다. 소나무 숲 사이를 걷자 곧 바다가 나타났다. 언제 어디에서나 호들갑을 떠는 M이 말했다.

"애들아, 왠지 남해 바다는 다른 데보다 색깔도 더 짙은 것 같지 않니?"

못지않게 호들갑스러운 종미가 신나는 말투로 답했다.

"태평양이랑 이어져 있어서 그런가?"

이 바다의 끝이 태평양과 이어져 있다는 게, 새삼 실감이 났다. 여행의 말미가 다가오고 있다는 게 이상하게 섭섭하게 느껴졌다. 그때 거짓말처럼 고양이 한 마리가 내 발치에 다가왔다. 카페에 있던 고양이들과는 달리 털이 꾀죄죄하고 입에서 침을 흘리고 있는 모습이었다. 종미가 다가와 안타까운 표정으로 말했다.

"어떡해. 아픈가 봐."

"그러게. 헤르페스인가 보다. 끈적한 침 흘리고, 눈 충혈된 게."

"고양이도 헤르페스에 걸려?"

"그럼 고양이가 사람보다 더 많이 걸려. 코로나도 걸리고 감기도 걸리고 다 해."

"그렇구나……."

친구들과 나는 고양이를 한참 동안 바라보다 잘 떨어지지 않는 발걸음을 재촉하며 다시 차로 돌아갔다. 비행기 시간이 점점 다가오고 있었기 때문이었다.

차에 탄 조하나가 핸드폰으로 문자를 잽싸게 보내기 시작했다. 나는 하나에게 가족들에게서 연락이 왔느냐고 물었고, 하나는 무심한 표정으로 말했다.

"아니. 유즈노모레 사장님한테 인스타로 DM 보내고 있어. 해변에 있는 고양이 좀 돌봐달라고 부탁해보려고. 저렇게 두면 안 될 것 같아서. 헤르페스 같다고 했지?"

"응."

"와, 그 생각은 못 했네. 하나 너 진짜 천재 기획자 아니니?"

호들갑쟁이 M은 박수를 치며 감탄했다. 나 역시 조하나의 마음 씀씀이에 새삼 놀랐다. 고양이 앞에서는 데면데면한 모습의 하나가 실은 우리 중에서 고양이의 상태를 가장 주의 깊게 살피고, 고양이의 생존을 위해 빠른 속도로 현실적인 계획을 수립하고 있었던 거였다.

여수공항으로 향하는 길, M은 어김없이 곯아떨어졌고, 조하나가 문득 아까 다랭이마을에서 인사한 사람과 어떻게 아는 사이냐고 물었다. 그냥 10년 전쯤에 같이 술 마시고 놀던 형이라고, 이제는 자주 보지 않는다고 답했다. 그렇게 말하고 나니 어느덧 G 형과 내가 '한때 같이 놀던' 친구가 되었다는 것을 깨달았다. 그리고 나와 함께 밥을 먹은 이 친구들은 여전히 같이 '놀고 있는' 친구라는 사실도. 인간관계라는 게 참 그렇다. 어릴 적에는 한 공간에 모여 있다는 것만으로도 같은 반 '친구'가 되는데 나이가 들면 애쓰지 않고서는 얼굴 한 번 보기조차 힘들다. 연락처나 인스타그램 팔로우 목록 속에 화석처럼 남겨진 관계들도 수두룩하다.

외적인 젊음과 내적인 열정을 유지하기 위해서 꾸준한 노력이 필요하듯, 관계도 마찬가지인 것 같다. 나이가 들수록 애써 노력하지 않고서는 영원할 줄 알았던 관계도 쉬이 퇴색되기 마련이다. 우리를 단단히 묶어주는 결속력의 중심에는 조하나의 마음 씀씀이와 어디로 튈지 모르는 개성 강한 친구들을 하나로 묶으려는 부단한 노력이 있던 것 같다. 마치 아픈 고양이를 돌보는 것과 같은 그런 마음 말이다. 종미와 M 못지않게 깨달음에 호들갑스러운 나는 새삼 모두에게, 심지어는 조하나에게도 조하나 같은 친구가 되어주고 싶다는 나답지 않은 기특한 생각을 했다.

세상에 영원한 건 없다지만, 이런 찰나의 노력들이 모여 결국 우리 인생을 구성하게 되는 게 아닐까? 나는 지금 이 순간의 반짝임이 곧 인생이라고 믿기로 했다.

쉼표 뒤에 오는 말

책에 묶을 원고들을 넘긴 뒤 나는 (여느 때처럼) 충동적으로 방콕행 티켓을 샀다.

그리고 나는 이 에필로그를 방콕에서 쓰고 있다.

방콕에 오기 닷새 전, 친한 친구이자 (전직) 영화감독인 K와 술을 마셨다. 평일 밤 10시, 무작정 불러내 술을 마시기에는 K만 한 사람이 없다(그는 공짜 술이라면 우주 끝까지도 올 사람이다). K와 함께 합정의 한 위스키바에 나란히 앉아 연거푸 술을 들이켰다. K는 내가 방콕에 간다는 얘기를 듣자마자 난색을 했다.

"또 방콕에 간다고? 얼마나?"

"보름 동안……."

"왜?"

"그냥, 에세이집도 다 썼고, 이제 제대로 쉬려고. 당분 간은 일 생각 절대 안 하고 누워만 있을 거야."

K는 코웃음을 치며 내게 물었다.

"너 노트북 들고 갈 거지?"

나는 죄 지은 것도 없는데 왠지 주눅 든 태도로 노트 북 정도는 들고 가야 하지 않겠냐고 말했다. K는 '그러면 그렇지'라는 표정으로 말했다.

"가서 일하려고 그러지?"

"아니, 근데 이제 출판사나 제작사에서 급한 연락이 올 수도 있으니까…… 메일 체크도 해야 하고…… 태국 다 녀오자마자 바로 해야 하는 연재도 있고……."

"휴, 진짜 왜 그러고 살아?"

"그냥…… 놀기만 하면 좀 그렇잖아. 심심하기도 하니 까…… 짬짬이 일도 하고 그러는 거지. 나 글 쓰는 거…… 좋아……하니까……(점점 작아지는 목소리)."

"참 너답다."

"나다운 게 뭔데!"

"너? 독기로 사는 사람!"

너무 맞는 말이라 와하하 웃어버렸다.

지난 몇 년간 나를 상담했던 임상심리사님은 얼마 전 내게 상담 '졸업'을 선언했다. 내가 스스로의 문제를 객관적으로 보게 되었으며, 이전보다 내적인 힘이 강해져 더 이상 상담 치료가 필요하지 않다고 했다. 나의 주치의 역시 내가 비약적으로 좋아졌다며 그간 다양한 시도와 노력을 통해 나에게 딱 맞는 약의 조합을 찾아낸 것 같다고 기뻐했다(그렇다. 약에도 레시피라는 게 존재한다). 전문가들의 말이 옳았다. 불과 5년 전, 회사 생활과 집필 생활을 병행하고 있을 때만 해도 하루에 열여섯 시간 넘는 격무를 하고서도 뜬눈으로 밤을 지새우거나, 간신히 잠이 들어도 악몽을 꾸다 세 시간 간격으로 깨곤 했던 나였다. 그러나 요즘은 (약을 먹고 누우면) 어렵지 않게 잠들 수 있고, 또 여섯 시간 정도는 깨지 않고 통잠을 잘 수 있게 된 터였다. 나는 비로소 남들과 같은 생활 패턴을 가지게 되었음에, 정말 오랜만에 내 삶에 감사했다.

그러나 삶은 나를 자유로이 놔둘 생각이 없었다.

K와의 술자리가 있던 다음 날, 컨디션이 좋지 않았다. 목이 간질간질하고 코가 맹맹한 것이 아무래도 심상치가

않아 동네 병원에 들러 검진을 해보았는데, 다행히 코로나는 아니었다. 그러나 몸살감기 증상이 점점 더 심해져 며칠 동안 집에서 물과 미음만 먹으며 연명해야 했다. 간신히 정신을 차리고 보니 어느덧 출국일. 나는 캐리어에 정신없이 옷과 세면도구를 챙겨 빛의 속도로 공항으로 향했다. 다행히 제시간에 비행기를 탄 순간, 깨달았다. 출국 전날 정신과에서 보름치 수면제를 타야만 했다는 사실을.

덕분에 나는 지금 한숨도 자지 못하고 방콕의 한 호텔에서 쥐며느리처럼 몸을 구부린 채 이 글을 쓰고 있다. 숙소 위치까지 잘못 잡아 24시간 질주하는 자동차며 오토바이의 엔진 소리까지 생생히 들린다. 편안하고 조용한 집을 놔두고 이런 곳에 와서 억지로 잠을 청해야 하다니! 그것도 1년 동안 꽁꽁 모은 쌈짓돈을 모두 털어서! 아무도 강요한 사람이 없음에도, 이 모든 게 나의 선택임에도 괜히 하늘에 대고 억울함을 토로하고 싶은 그런 밤이다.

잠을 포기한 나는 (왠지 억울하지만 K가 예언한 그대로) 노트북을 열어 내가 쓴 원고를 들여다보기 시작했다. 책의 서두부터 여행을 좋아하지 않는다고 공언한 사람치고 너무 많은 여행을 다녔으며, 너무 많은 이야기를 떠들었다는 생각이 절로 들었다. 여행을 좋아하지 않는다고 말하면서도 여행을 다니는 내 모습은, 삶을 열렬히 사랑하면서도 좋아하지 않는다고 말하는 모습과도 닮아 있다. 여행을 떠나올 때마다 나는 일상으로부터 도피를 꿈꾼다. 그러나 역설적으로 여행을 하는 중에 나는 가장 열렬히 일상에 대해 생각한다.

때문에 지금 이 순간에도 나는 내 일상의 장소들과 내 삶에 연루된 수많은 사람의 얼굴을 떠올리고 있다. 그들이 내게 주었던 어떤 따뜻함이나, 깨달음에 대해서도. 물음표와 느낌표, 말줄임표만이 가득한 내 삶에서 유일하게 쉼표를 가능하게 해주는 건 나의 친구들뿐이라는 생각도 든다. 쓸데없는 농담이나 하고 맛있는 음식이나 나눠 먹는 그런 존재들 말이다.

나는 원체 산만하고 정리 정돈을 잘 못 하는 사람이다. 추억을 다루는 것도 마찬가지라 나도 모르는 새 기억의 서랍 아무 구석에나 처박아놨다가 자칫 색이 바래버리기도 하고, 더러는 잃어버리기도 한다. 이 책 속에 담긴 글들은 내 삶의 각별한 순간들을 기억하기 위해, 또 나와 나를 둘러싼 친구들과의 순간들을 정리하기 위해 쓰였다고 봐도 무방하다. 그러기 위해 휴식과 여행이 필요했는지도 모르겠다. 어쩌면 지극히 사소하고 개인적이라고도 볼 수 있는 이 여정에 함께해주셔서 감사하다는 말을 전하고 싶다. 나와 내 주변의 한없이 평범하고도 주관적인 일상이 여러분의 삶에도 짧은 쉼표를 찍어주었기를 바라며.

2023년 여름
박상영

박상영 작가와 휴식에 대한 이야기를 나눈 적이 있다. 공통분모는 '우리는 잘 쉴 줄도 모른다'는 사실이었다. 내심 일중독에 걸린 성공한 현대인의 모습일 거라고 생각해왔지만, 불안과 게으름 그리고 완벽주의가 만난 환장의 콜라보가 나나 박상영 같은 군상을 만든다는 생각을 했다. 공식적 딱지만 성인이지 마음은 여전히 미성숙한 20대 초반 시절은 사람들의 무의식에 거대한 불안을 드리운다. 잘 안 풀리면 그런대로 내일이 막막하고, 잘 풀리면 풀리는 대로 이런 날들이 언제 끝날지 모른다는 불안감. 다시는 그때의 불안한 동굴 속에 갇히지 않겠다는 의지를 불태우며 우리는 점점 노예를 자처해가는 것이다.

박상영 작가의 이번 에세이를 통해 푹 늘어진 채로의 휴식은 못 될지언정 목적 없이 찬찬히 주위를 둘러보는 것 또한 어떤 인간에게는 휴식이 될 수 있음을 알게 되었다. 누구에게나 도사리고 있는 어둡고 불안한 것들을 박상영은 특유의 자타를 향한 관찰력으로 예리하게 잡아내고, 마찬가지로 특유의 유쾌하고 산뜻한 글을 통해 영원히 엉켜 있을 것만 같은 것들을 대수롭지 않게 털어낸다. 모처럼 주어진 휴가에서조차 글쓰기를 멈추지 않은 박상영의 불안과 강박이 독자들에게 정신적 휴식을 줄 것처럼, 당신의 그것들 또한 무의미하지 않을 것이다. 잘 다뤄진 불안은 내일을 대비하는 완벽한 방패일 테니까.

— **김이나**(작사가)

어린 시절 아껴 먹던 막대사탕. 얼마나 남았나 중간중간 확인했죠. 박상영 작가의 《순도 100퍼센트의 휴식》은 오랜만에 그렇게 읽게 된 책입니다. 키득거리다가 눈시울 뜨듯해지다가 몇 번이고 뒤를 넘겨 봤습니다. 혹시 다 끝날까 봐.

이 책은 여행 이야기입니다.

하지만 박상영 작가는 세상의 풍경을 그려놓으며 자신의 내면을 숨겨놓았고 사람의 이야기를 얹어놓았습니다 (제 얘기도 좀 들어 있어요). 그래서 더 흥미로웠나 봅니다. 세상에서 가장 신기한 여행지는 열 길 물속이 아니라 한 길 사람 속이니까요.

박 작가님, 순도 100퍼센트의 휴식은 '글 쓸 때' 누릴 수 있을 겁니다. 다음 책도 기다릴게요.

— **이금희**(방송인)

, 참으로 놀랍다. 책을 읽었을 뿐인데, 이토록 기분 좋은 여독이 오다니. 이 책을 펼치는 순간 당신은 박상영의 손에 이끌려 시공간을 초월해 온갖 장소를 누비게 될 것이다. 이 수다스러운 안내자를 감당할 수 있을까 하는 걱정은 접어두어도 괜찮다. 그는 놀랍도록 웃기고, 사랑스러우니.

앞으로 박상영과 함께하는 여행에 또 초대될 기회가 온다면, 난 주저 없이 따라나설 것이다. 그가 인도하는 곳으로! 이 책을 읽는 모든 분들도 그럴 것이라 장담한다.

— **봉태규**(배우)

순도 100퍼센트의 휴식

초판 1쇄 2023년 6월 30일
초판 3쇄 2023년 7월 10일

지은이 | 박상영

발행인 | 문태진
본부장 | 서금선
책임편집 | 허문선 편집 3팀 | 이준환 일러스트 | 리무

기획편집팀 | 한성수 임은선 임신아 최지인 이보람 송현경 이은지 유진영 장서원 원지연
마케팅팀 | 김동준 이재성 박병국 문무현 김윤희 김은지 김혜민 이지현 조용환
디자인팀 | 김현철 손성규 저작권팀 | 정선주
경영지원팀 | 노강희 윤현성 정헌준 조샘 조희연 김기현 이하늘
강연팀 | 장진항 조은빛 강유정 신유리 김수연 서민지

펴낸곳 | ㈜인플루엔셜
출판신고 | 2012년 5월 18일 제300-2012-1043호
주소 | (06619) 서울특별시 서초구 서초대로 398 BnK디지털타워 11층
전화 | 02)720-1034(기획편집) 02)720-1024(마케팅) 02)720-1042(강연섭외)
팩스 | 02)720-1043 전자우편 | books@influential.co.kr
홈페이지 | www.influential.co.kr

ⓒ박상영, 2023

ISBN 979-11-6834-112-8 (03810)